Me lo han dicho los astros

Me lo han dicho los astros

Charas Vega

Papel certificado por el Forest Stewardship Council®

MIXTO
Papel procedente de
fuentes responsables
FSC® C117695

Penguin
Random House
Grupo Editorial

Primera edición: noviembre de 2022

© 2022, Charas Vega
© 2022, Penguin Random House Grupo Editorial, S.A.U.
Travessera de Gràcia, 47-49. 08021 Barcelona

Printed in Spain – Impreso en España

ISBN: 978-84-666-7278-8
Depósito legal: B-16.592-2022

Compuesto en La letra, S. L.

Impreso en Romanyà Valls, S. A.
Capellades (Barcelona)

BS 7 2 7 8 8

Para el piso (Lucas, Alex y Marina)
y para mi padre, esté donde esté

1

Julio

Cáncer: la familia, el miedo a la pérdida del hogar

El signo más protector del zodiaco. El dicho tan manido
y cursi de «Tus amigos son la familia que tú eliges».
La madre de sus colegas, la que te envía un mensaje
preguntando si has llegado bien. Y por eso mismo
la máxima representación del mal llamado «hogar».

Strange Times Forever – Marta Knight

Nos encontrábamos en el bar de la plaza de la Vila, es decir, el bar donde nos habíamos reunido durante los cuatros años de carrera. Mireia sacó el paquete de tabaco, abrió el *grinder* y no hizo ni ademán de esconderlo. Si no lo había hecho durante la carrera, no iba a hacerlo ahora que ya no teníamos ningún lazo con esa institución que tan poco nos había enseñado.

Todos mis amigos y yo teníamos la misma sensación o, al menos, eso me parecía a mí. Nervios, frustración, miedo, pero muchas ganas de ver qué nos depararía el futuro. Era una sensación agridulce. Al contrario de lo que pensaron la generación de nuestros padres, el futuro que se extendía ante nuestros ojos se definía con una palabra: precariedad.

Yo tenía la posibilidad de continuar mis prácticas no remuneradas en un periódico importante de la ciudad... ocupando un puesto insignificante. Hacía lo que nadie quería hacer y trabajaba más horas que las que fijaba el convenio, pero estaba contenta. Carlota, Diego y Mireia no habían tenido la misma suerte. A fin de cuentas, la realidad es muy diferente de lo que nos han vendido y las posibilidades de que te contraten para unas prácticas son minúsculas, por mucho que los profesores te lo pinten como una oportunidad laboral increíble.

Carlota me agarró del brazo y me repitió de nuevo su frase estrella en su tono habitual: lo suficientemente alto como para que nos escuchara la mesa de atrás, pero sin alcanzar los decibelios necesarios como para que le dijeran que por favor bajara el volumen sin que se molestara.

—Las prácticas son la esclavitud del siglo XXI teñida de rosa. Joder, al menos que lo llamen así —chilló Carlota como frase lapidaria y también como llamada de atención para que yo dejara de una vez el móvil y le hiciera caso.

Compartimos una mirada de complicidad y asentimos. Tampoco sabía qué responder a una afirmación tan contundente y creedme que Carlota no es de esas personas que suelen estar dispuestas a discutir y mucho menos después de haberse bebido cuatro quintos.

Carlota era la única del grupo nacida en Barcelona, de verdad que no es tan fácil encontrar autóctonos. Además, Carlota no solo había nacido en la ciudad, sino que era del barrio de Horta. A los cinco minutos de conocerte ya te había soltado que ser de Horta constituía un aspecto muy importante de su identidad. Había estudiado audiovisuales y se había graduado *cum laude* en citas de cualquier película de Sofia Coppola y tener el mejor *feed* de Tumblr en 2014. Las pintas que llevaba esa noche en concreto ya delataban que no acababa de superar la primera mitad de la década de 2010. Vestido de satén azul inspirado en su colección de Pinterest de *prom night*, medias de rejilla y botas. El pelo teñido de varios colores, resultado de haber ido cambiando de gama cromática desde los catorce. Olivia Rodrigo antes de Olivia Rodrigo, aunque mucho más caótica. Sí, era un poco intensa, pero era nuestra intensa.

En ese momento, rodeada de mis amigos y respirando ese ambiente festivo de despreocupación posjuvenil general, pensé que, en el fondo, mi situación al acabar la carrera no era tan dramática. Carlota y yo íbamos a compartir piso en Barcelona, pero ninguna de las dos tenía ingresos propios. Aunque nos daba mucha vergüenza ser unas mantenidas, era lo que había por el momento. Ella se marcharía de casa de sus padres y yo me largaría de la residencia de estudiantes. La ilusión de vivir en un piso con mi mejor amiga en el centro de la ciudad era lo único que ocupaba mi mente y con eso me sobraba.

—Bueno —intervino Mireia mientras intentaba rular el canuto entre sus dedos—, no sé por qué os quejáis tanto, los únicos que ya tienen trabajo son los que tienen contactos y, bueno, tú. Macho —dijo dirigiéndose a mi persona—, parece que no te das cuenta de la suerte que has tenido.

—Mira, yo no estoy cobrando y tú ya ganas algo de pasta en el cau.

(El cau es algo así como los *boy scouts* catalanes, pero de hippies).

—Sí, cuidando a niños insoportables.

—Pero si te encantan.

—Bueno, sí, pero no todos los días. Además, quiero hacer algo más con mi vida, no sé, he terminado la carrera por algo. Una no puede llevar la camiseta de «Sóc del cau» toda la vida. Al final, también cansa.

Mireia era la única catalana con todos los apellidos del grupo y se enorgullecía cada segundo. Su historia era la de tantas. Niña bien que al pisar la UAB dejó las joyas de Tous en casa y se hizo rastas. Nos daba bastante rabia a veces, ya que intentaba ocultar sus privilegios mostrándose como la más combativa de los cuatro, pero, más allá de eso, era una buena amiga y con eso nos bastaba.

Algo curioso de Mireia era cómo intentaba ocultar aquel brillo especial que tan solo tiene la gente que ha nacido en una familia rica tras lo que empezó siendo una especie de disfraz y acabó siendo aceptado por todos como parte de su identidad. Llevaba *leggins* rotos, Vans y una *bomber* roñosa con varios parches y pins de todo tipo. Cada uno representaba una medalla y los enseñaba como si fueran condecoraciones. Sus favoritos contaban historias, como el pin de Kaotiko, que había conseguido de fiesta a cambio de un par de porros, pero, la verdad, la gran mayoría no esconde historia épica alguna, pues los había comprado en la calle Tallers y poco más.

Se hizo el silencio durante unos segundos. Diego entró en escena y yo di gracias a Dios por la oportunidad de acabar con una conversación cada vez más tensa.

Estaba muy sudado, y tampoco podría decir con certeza que solo llevara alcohol en la sangre. Lucía una camisa abierta de color crema, unos zapatos de vestir —que solo calzó en esta ocasión y en la boda de su prima— y sus ya conocidos pantalones formales «de hetero» o, como Mireia bautizó, «de juventudes del PP». Tenía la piel morena y estaba pasando por su etapa con bigote. Era guapo y lo sabía, y no hace falta decir que todas le tiramos la caña antes de que saliera del armario, pero esa es otra historia.

—¿Vais a estar así de *amargás* la noche de graduación? —gritó mientras agarraba la lata de Xibeca que tan de forma estratégica Mireia había dejado entre sus piernas.

Diego era la persona con la situación más jodida del grupo, pero también era, sin duda, quien mejor sabía sacarse las castañas del fuego y, sobre todo, quien más sabía disfrutar de una buena fiesta. Él había estudiado Publicidad, procedía de una familia humilde del oeste de Andalucía y, aunque a medida que fue haciendo la carrera fue aumentando su odio hacia el capitalismo, como había aprendido a sobrevivir con lo justo, también era consciente de que uno tenía que entrar en el sistema para sobrevivir.

Yo venía de un ambiente un poco más aburrido. No creáis que era rica, mis abuelos habían abandonado Andalucía para asentarse en Cataluña y nunca nos sobró demasiado. Mi familia tenía un bar. Ahora vivíamos mis padres, mis cuatro abuelos y yo en una casa modesta de un pueblo no demasiado grande del Baix Llobregat, al lado de Barcelona. Mi vida había sido bastante plana hasta que entré en la universidad y conocí a mi grupo de amigos. Sin duda, yo era la persona más *normie* de todos ellos. Más bien, la demostración de mi personalidad se reducía a vestir de negro y tener un humor tirando a sarcástico. No tenía demasiado sentido del estilo como Carlota, ni pertenecía a una subcultura con una estética tan potente como la de Mireia, ni tenía el carisma que desplegaba Diego. Es más, no me preocupaba nada más que terminar la carrera y conseguir un buen trabajo. No es que me quejara, pero sentía que toda mi vida se resumía en acontecimientos irrelevantes hasta el momento en que viviera en Barcelona para hacer algo importante.

Miré a mis amigos, los tres seguían pasándose la cerveza, hablando de todo y de nada, y volví a centrar mi atención en la conversación.

—Bueno, ¿qué hay que celebrar? Ahora viene lo chungo, no sé, tampoco es que parezca que la cosa vaya a mejorar —dijo Carlota, ofuscada en no cambiar ni de opinión ni de tema.

—Mira, yo, al contrario de vuestras mercedes, quiero pasármelo bien, así que no me jodáis la noche, *siusplau*.

A continuación, Diego sacó una bolsita llena de polvo blanco de su cartera y nos miró buscando una señal de confirmación. Al no hallarla, no dudó en exclamar:

—¡Venga, que es vuestro último día, al menos hoy, que sois unas *aburrías*!

Mireia se levantó, agarró la bolsita y se chupó el dedo anular, para, a continuación, meterlo dentro, eso sí, con la mayor delicadeza. Antes de proceder a la «chupada», se subió a la mesa e, imitando a Pedro Sánchez en un mitin electoral, comenzó a dar un discurso:

—Vale, tienes razón, no podemos seguir así. A ver si nos desestresamos un poco todas, que tenemos unas vibras que ni que estuviéramos en Mercurio retrógrado.

—Déjate de tonterías y chupa de una vez, pedazo de hippy —dije bajando el tono de voz de la conversación. Y agarrando a Mireia del brazo, mirándola con los ojos fuera de las órbitas, poco me faltó para gritar que se bajara de allí de una vez y dejara de dar el espectáculo.

A continuación, Mireia se sentó en el borde de la mesa y procedió a tomar un poco. Como era de esperar, no tardó en poner su cara de haber chupado un limón y el grupo estalló en carcajadas.

—Uf, es que está malísimo, pero, mira, al menos ya hemos conseguido cambiar los ánimos.

Fuimos pasándonos la bolsita y en algún momento nos dimos cuenta de que Diego se había esfumado, pero no nos importó demasiado. Seguimos un rato más hablando de tonterías mientras la droga hacía su efecto y decidimos irnos al bosque. Lo mejor de la UAB es que está en el campo (y la cerveza barata, claro). Es cierto que al principio solo puedes pensar en la pereza que da desplazarse desde la ciudad, pero, en cuanto llegas allí, empiezas a ver las ventajas del campus y vale totalmente la pena hacer ese periplo en Cercanías. Si estás demasiado tiempo en Barcelona, te acostumbras y ya no hueles siquiera la lejía ni el pis.

Caminamos unos minutos y nos adentramos en lo más profundo del bosque o, al menos, eso creí yo. Los gatos de la Vila seguían pululando por los alrededores, pero al menos habíamos dejado de ver las luces de la universidad. En cuanto alcanzamos unos altos matorrales, empecé a sentir de verdad los efectos de la bolsita. El calor y la *gustera*. Nos tumbamos mirando las estrellas y me puse a llorar. Notaba el movimiento de la Tierra y las estrellas. Tuve que levantarme y echarme en la nuca un poco de agua de la botella de litro y medio que Mireia llevaba en la mochila.

Mireia se giró y me pilló en pleno éxtasis, las lágrimas corrían por mis mejillas, pero no podía parar. La presa se había roto y yo prácticamente me ahogaba. Esperaba que al menos la falta de luz me ayudara a disimular un poco la llorera, pero qué va, el sonido de un sollozo me delató.

—No jodas, Cat, eres un bebé —suspiró divertida antes de darme un abrazo—, si al final eres superpiscis, te lo he dicho un millón de veces.

—Bueno, me he puesto tierna, pero no tiene nada que ver con ser piscis, lo del zodiaco es una tontería, ya te lo he dicho.

Mireia me secó las lágrimas con su sudadera y se quedó pegada a mi pecho.

—Ya verás, las prácticas te irán bien y terminarán contratándote.

Nos quedamos en silencio durante unos segundos, quizá fueran minutos, hasta que escuchamos un sonido extraño de fondo.

—Seguro que es un asesino —dije llorando y riendo al mismo tiempo.

Mireia se levantó y miró alrededor. Nos habíamos quedado solas. El sonido persistía y no parecía demasiado amigable. Sin duda, pasaba algo más allá del colocón.

—Parece una pelea de gatos. Seguro que es eso. Voy a mirar.

Me quedé sola e intenté dar con mi móvil. Al menos quería comprobar si Carlota y Diego habían dejado un mensaje de WhatsApp o debía empezar a preocuparme por encontrar sus cuerpos descuartizados. Saqué el móvil de mi bolsillo trasero y lo encendí. Grave error. No intentéis desbloquear un móvil con las pupilas dilatadas y en medio de un bosque oscuro, sale fatal.

—¡Mierda, estoy ciega! —chillé antes de tirar el móvil entre los matorrales.

A lo lejos escuché la voz de Mireia:

—Ya la he encontrado. No eran gatos peleando, era Carlota vomitando.

Se ve que mezclar porros con alcohol y M no acababa de funcionar con ella. No debía de haber siquiera cenado esa noche.

Me apresuré a socorrerla cubriéndome los ojos, entreabriendo los dedos lo justo para no chocar con los árboles. Al acercarme y ver la estampa de Carlota después de haber vomitado sobre sus botas favoritas, no pude evitar reírme y abrazarla. Sus medias favoritas se habían roto al caminar a través de los arbustos y su vestido estaba manchado de tierra.

—Ay, Carlota. Cómo voy a echar de menos la universidad. Ahora sí que has conseguido la estética *trash* que tanto querías. Es que hasta deberías estar agradecida, mujer.

Carlota seguía vomitando. A los pocos segundos me respondió, pero apenas entendí nada de aquella amalgama de arcadas y gruñidos.

—Cariño, no te entiendo —dije en voz bastante alta, como si tuviera algún problema de audición o directamente hablara en otro idioma.

Carlota consiguió controlarse unos segundos para recomponerse y mirarme mientras se tambaleaba. Se puso su melena decolorada y llena de ramitas a un lado y se apoyó en el árbol más próximo para sostenerse y así poder articular algo con sentido sin correr el peligro de caerse movida por su persistente balanceo.

—He dicho que te vayas a la mierda —sentenció antes de volver al proceso de vomitar lo poco que le quedaba en el estómago.

Pocos minutos después, Carlota consiguió parar, rebuscó en su *tote bag* salpicada de vómito una botella de agua y acto seguido se quedó tirada boca arriba en el suelo. Mireia se quitó la chaqueta, la enrolló y la utilizó de almohada para Carlota mientras yo me encargaba de cambiarla de posición para que durmiera de lado. De esta guisa nos encontró Diego cuando llegó por fin a nuestro encuentro. Iba sin la camiseta, pero con el doble de sudor que hacía unas horas. Confiábamos en que Carlota no volviera a vomitar, pero, por si acaso, nos sentamos los tres a esperar contemplando el amanecer.

El sudor frío me hacía temblar, pero, la verdad, tampoco os voy a mentir, no sentía frío tanto por la euforia del momento como por el M. Diego apoyó su cabeza en mi hombro y compartimos un rato el silencio. Mireia se nos acercó y se puso a dormir en mi regazo con la mayor de las sonrisas en su cara, hasta que unos minutos después no solo ya se había dormido sino que había comenzado a roncar. Diego me dio un pico y se me quedó mirando fijamente:

—Tía. Es que tengo miedo.

Atrapé una de sus manos, cálida entre las mías, y se la apreté con cariño. Entendía perfectamente ese miedo del que me hablaba. Era el mismo que sentía yo, el mismo miedo que el que sentíamos todos.

—Bueno, yo creo que nos irá bien. Somos unas cucarachas y, como tales, sobreviviremos a todo —susurré intentando no despertar a Mireia y sin acabar de creérmelo del todo.

—Sí, pero sobrevivir es una mierda —respondió Diego mientras intentaba ponerse cómodo también.

La noche estaba nublada y sentíamos cómo el calor del bochorno hacía su aparición de forma sutil para ir haciéndose inaguantable poco a poco. Alrededor de las seis de la mañana recogimos nuestras cosas y nos fuimos directos hacia el tren. Carlota, Diego y yo nos colamos de manera reglamentaria, tampoco fue la gran proeza, pero esa fue nuestra forma de decir adiós y ahorrarnos esos dos euros con cuarenta. Me giré y vi a Mireia, aún no del todo despierta del trance, toqueteando las máquinas para sacar el billete que la llevaría a casa y buscando calderilla en el fondo de su bolsillo, pero allí solo encontró algo de tabaco y boquillas.

—Bueno, que la pija no quiere colarse en los *ferros* porque no quiere una multa, pero, cariño, que al final te la van a pagar tus padres —chilló Diego señalando a Mireia.

—Mira, es que no pienso ni discutir —susurró Mireia mientras sacaba el billete con una lentitud propia de la resaca que ya estaba atacando a su sistema.

Subimos al tren tiritando, aún por los efectos del MDMA en bajada, los cuatro abrazados, más bien apretujados, buscando el calor humano necesario para sobrevivir los cuarenta minutos de trayecto restantes. La estampa de nuestras caras era grotesca, cubiertos de tierra, con los vestidos de graduación sucios y todo el maquillaje corrido. Cabe señalar que las miradas de los otros pasajeros, sobre todo de los que tenían pinta de madrugar por cuestiones laborales, no eran, que digamos, muy amables. Nos acurrucamos como pudimos entre los asientos y empezamos a dormitar en los momentos de tranquilidad que suponían las primeras paradas. Hasta que comenzó a subir más gente.

Me puse los cascos y apoyé la cabeza en el hombro de Mireia. Iba escuchando a Sufjan Stevens, en concreto «Chicago» de su álbum *Illinois*. Recordé que fue Carlota quien me lo había hecho escuchar y por un momento volví a tener la misma sensación de *gustera* y amor que con el M, solo que esta vez no fue reacción química, sino que más bien se trataba del bienestar que se siente cuando has encontrado tu pequeño grupo de personas a quienes puedes llamar hogar.

POST
Cáncer ♋

Querida cáncer:

Espero que cuides bien a tus amigas, porque dependen bastante de ti o, dicho de otra forma, si tú pinchas, ellas pinchan. Pero oye, cero presiones. No querría ser tú, pero la vida es así. Al menos espero que te recuerden todos los días lo guay que eres. Y si no lo hacen, ya sabes, chap, chap, fuera de tu vida. Poco más que añadir.
Un besito

2

AGOSTO

Leo: el orgullo, la valentía y la comodidad

El más «echado *p'alante*» y capaz de enfrentarse a todo...
si le apetece. Uno de sus mayores defectos es que es
un signo cómodo; digamos que el león prefiere estar
tumbado al sol sin muchos cambios antes que levantarse
y hacer algo con su vida. Pero, vamos, que cuando quiere,
puede. Leo se caracteriza por su generosidad y su
orgullo, son de esas personas con las que es fácil chocar
si no las conoces mucho, pero que si te tienen en su lista
de amigos te tratarán como un rey.

L'atur és el futur – Renaldo & Clara

Unas semanas después, la resaca física y emocional de nuestra fiesta de despedida ya había pasado y era hora de enfrentarnos a la realidad, la peor resaca de todas. Como todos los años, yo había puesto rumbo al pueblo para pasar las vacaciones. Como todos los años, mi entusiasmo era mínimo y mi hastío era total. Volver a casa es lo que tiene, pero el periódico en el que yo hacía mis prácticas cerraba en agosto y todavía estaba pendiente de que me confirmaran si me contrataban (o no). No contenta con esta posibilidad, miraba LinkedIn todos los días y acababa aún más hundida.

La vida se dilataba en un limbo de calor y días interminables que hacían que mi rutina durante mi estancia en el pueblo fuera muy deprimente. Me levantaba sobre las dos de la tarde, encendía el ventilador y desayunaba. Con suerte me encontraba a mi abuela tomándose el café de la sobremesa.

—¿No tienes trabajo aún? —me decía mojando una galleta Digestive en su café ya templado.

—Bueno, hoy tengo una entrevista en Barcelona.

—Pero ¿no estabas tú escribiendo en un periódico? Es que no me entero de nada.

—Sí, pero ahora en agosto solo trabajan unas pocas personas, tengo que esperar a septiembre.

—Pues que te contraten ya, con lo aplicada que eres —decía siempre mirándome con sus ojos con principio de cataratas y dándome un golpecito en la mano.

Asentí y continuamos con nuestro desayuno-postre de la sobremesa en silencio. Ella masticaba las galletas y yo rumiaba mis pensamientos mirando a un punto indeterminado del hule floreado de la mesa de la cocina. Al cabo de un rato, cuando mi abuela se retiró a descansar a la fresca, cogí dos galletas y volví a mi habitación. Lo de la entrevista era verdad, pero no me acababa de convencer. Solo era una oferta de mierda de LinkedIn más en la que anunciaban una oferta de trabajo que consistía en escribir un blog de cocina y, además de lo que se ganara por palabra escrita, te invitaban a comer. No es que yo tuviera mucha idea de cocina, estuve malviviendo en la carrera con Yatekomos, pero era una persona creativa, saldría del paso.

Me duché, me vestí lo más profesionalmente que pude y decidí coger el ferrocarril con bastante antelación para ver qué pinta tenían las oficinas. Tras más de una hora de trayecto y aire acondicionado a una temperatura propia de la Antártida llegué a mi destino. Al principio pensé que se trataba de un error, pero no. No me había equivocado de destino. Ante mí se alzaba un edificio bastante mal conservado en la Vall d'Hebron. Nada parecido a un parque empresarial, más bien una zona residencial de clase media baja, el clásico edificio de protección oficial construido en las afueras de la ciudad en los años setenta, con los ladrillos reglamentarios y los toldos verdes característicos de esa estética que no me daba ninguna confianza. Había quedado con Carlota, Diego y Mireia para tomar unas birras después de la entrevista, pero la creciente angustia que me estaba provocando esta cita hizo que los empezara a llamar de forma compulsiva. Obviamente no me respondieron. Nadie que se considere *millennial* tiene el móvil con sonido desde 2012.

Cerré los ojos un momento, respiré hondo e intenté serenarme. Se acercaba la hora acordada y no conseguía que nadie me cogiera el teléfono para compartir mi inquietud, así que en mi bucle de neurosis y escenarios apocalípticos compartí mi ubicación con la mitad de mi agenda por si no salía viva de lo que sería, como mínimo, la entrevista de trabajo más rara que había hecho en mi vida. Me senté enfrente del portal y le envié un mail recordando a mi entrevistador la dirección que me había dado y subrayando si era posible que se hubiera equivocado. Pues no. El mail tardó pocos segundos en llegar a mi móvil y por lo visto la dirección era correcta y se trataba del cuarto piso. Bueno, pensé, si tenía que morir al menos lo haría intentando conseguir un trabajo de doscientos euros al mes. Tomé aliento y apreté el botón del telefonillo.

Al abrir la puerta del portal me di cuenta de que no podía ser un edificio de oficinas. Me quedé enfrascada delante del ascensor y decidí subir por las escaleras, solo para hacer tiempo y decidir cuál sería la mejor opción en caso de necesitar huir. El ruido de los tacones al subir retumbaba en el pasillo. Demasiado silencioso para ser un edificio residencial... ¡como para no levantar sospechas de que algo turbio se estaba fraguando entre esas paredes! El vestido rosa y los tacones que me había puesto para esta entrevista no podían desentonar más entre las paredes de gotelé, el suelo de manchas marrones y las puertas de madera contrachapada pintadas de su verde reglamentario.

Llamé a la puerta y al instante me abrió una señora muy mayor que me saludó con voz carrasposa. El maquillaje mal aplicado y la ausencia de cejas, junto con el tinte platino y la permanente, me dieron la sensación de encontrarme con la hija perdida de Aramís Fuster* y Mónica del Raval.** Me miró de arriba a abajo y, sin mostrar ningún tipo de emoción, dio una calada a su cigarrillo y se sentó en un sofá tapizado de flores fucsias y violetas. Yo me quedé inmóvil en el quicio de la puerta. No tenía pinta de que fuera a asesinarme, pero aun así no me acababa de convencer como próxima jefa de un trabajo serio.

—Siéntate, nena, que no muerdo —dijo mientras apagaba su cigarrillo en un cenicero que lo más seguro es que hubiera comprado en su último viaje a Benidorm.

—Sí... ¿Estas son las oficinas del blog culinario? —tanteé, confusa.

—Son las oficinas, pero también es mi casa. ¿Tienes algún problema con ello, corazón?

—No, no, ninguno —me apresuré a contestar.

—Bueno, el trabajo consiste en contactar con restaurantes desde el correo del blog. Tú recibes una comida gratis, escribes sobre ello y yo te pago. Muy fácil. ¿Lo podrías hacer, nena?

* Aramís Fuster es una vidente y personaje público conocida por sus apariciones en televisión. Alcanzó su fama en los 90 gracias a programas como *Crónicas marcianas*. Mi generación la conocerá por sus apariciones en *Sálvame*.
** Mónica del Raval es una conocida prostituta del barrio del Raval. Saltó a la fama gracias al documental homónimo de 2009 de Francesc Betriu.

—Claro, sin problema.

Se puso de pie al instante, demostrando una agilidad impropia para alguien de su edad o, al menos, de la edad que yo le había calculado. Me miró y abrió una puerta contigua que daba a una habitación con poco más que un ordenador y un escritorio. El ordenador en cuestión me trajo vagos recuerdos, no había visto ninguno igual desde que era pequeña. Un aparato blanco y cuidado de forma ejemplar. En el escritorio no había más que cuatro papeles y otro cenicero, aunque este con la peculiaridad de ser una bandeja transparente con flores y unos delfines esculpidos de plástico de la tienda de todo a cien, una fantasía *kitsch* que ya les gustaría a muchos modernos. Tal era el nivel de barroquismo de ese cenicero que me quedé hipnotizada durante unos segundos, mirándolo, hasta darme cuenta de que, contra todo pronóstico, esa bestialidad de ordenador sacado de la NASA ya estaba encendido.

La que podría ser mi futura jefa, cuyo nombre aún desconocía, abrió Internet Explorer y procedió a enseñarme el blog en cuestión mientras se encendía otro cigarro. No me chocó ver que se trataba de una interfaz que se había quedado estancada en 2006, pero, para mi sorpresa, las entradas del blog eran bastante recientes.

—¿Y usted se gana la vida solo con esto? —pregunté arrepintiéndome al instante de haber abierto la boca.

—Bueno, nena, yo en realidad soy bruja, me llaman Pepi, la bruja de la Vall d'Hebron. Soy famosa. Bueno, famosa entre la gente del mundillo, tú no sabes con quién me codeo, amor. Si te dijera nombres, te sonarían todos, por eso es secreto. Tiro las cartas, quito males de ojo, puedo hacer conjuros de amor, veo tu futuro, esas cosas...

—Yo es que no comparto mucho lo que hace, aunque si a usted le va bien, tiene todo mi respeto, pero ¿un blog de comida? No entiendo la relación...

—Bueno, es que también me gusta comer. Oye, ¿quieres que te tire las cartas? Mira, regalo de tu nueva jefa.

—No, no, no se moleste, la verdad es que creo que este trabajo no es para mí, mejor me voy —dije abriendo ya la puerta de la habitación decidida a irme corriendo sin mirar atrás.

La proclamada bruja de la Vall d'Hebron me agarró del brazo y me miró intensamente a los ojos antes de que llegara a alcanzar la puerta de entrada al piso.

—Tú eres piscis, ¿verdad? Estoy segura de que sí. Tendrás una buena noticia en el terreno laboral, aunque no se trate de este trabajo, ya verás. Si no me crees, espera y lo comprobarás. Ya verás cómo vuelves, nena, que yo soy adivina y tú en el amor no tendrás mucha suerte, pero en el trabajo sí.

Me quedé atónita ante semejantes declaraciones. ¿Realmente esta mujer era una chalada y yo no había visto las señales? Pero lo dijo todo con un convencimiento que casi me dio escalofríos.

—Suélteme el brazo, señora. Me voy ya, que me están llamando de otra entrevista. No me interesa el trabajo, pero muchas gracias por su tiempo.

Nona, quédate un ratito, no tengas miedo. Las cartas y los astros son muy poderosos, están con nosotros para acompañarnos. Déjame que te lo demuestre.

Forcejeamos un momento más, pero enseguida nos dimos cuenta de que no íbamos a llegar a ninguna parte. Yo no iba a escuchar lo que me tuviera que decir y ella seguía intentando que volviera a la habitación. Después de unos segundos logré soltarme y, casi temblando, abrí la puerta y me dirigí corriendo a las escaleras del edificio. Notaba que mi corazón latía a mil por hora, pero no sentía miedo, más bien desconcierto y malestar por la escena que acababa de vivir. Si mis amigos la hubieran presenciado, habrían flipado conmigo. Carlota lo habría llamado una escena de Lynch mezclada con Almodóvar y Diego habría asentido y se habría descojonado.

Saqué el móvil de mi bolsillo nada más llegar al portal y vi las veinte llamadas perdidas de Carlota. Me volví un instante para comprobar que la bruja de la Vall d'Hebron no me seguía y abrí la app de Google Maps para encontrar la parada de metro más cercana. Al subir al vagón, respiré por fin. Contemplé mi imagen reflejada en los cristales del metro, mordiéndome las uñas, con un pequeño tic en la pierna y el moño deshecho. Hacía tiempo que no sentía tanta asfixia por una situación ni que la ciudad estaba acabando con mis esperanzas incluso antes de empezar a vivir en ella.

Suspiré, aparté la vista de mi propia imagen y busqué un asiento donde sentarme antes de enviar un breve mensaje de voz:

—Carlota, estoy bien. Ahora te cuento. Nos vemos en el bar de siempre en la plaza del Sol. Un beso.

Al llegar a la parada de Fontana bajé por la calle Torrent de l'Olla hasta llegar a nuestro punto de encuentro en el centro de la plaza del Sol. Ahí estaba Carlota, con su famosísimo vermut y sus gafas de sol, con una sonrisa satisfecha, propia de alguien que ha encontrado sitio en una terraza, en hora punta, en pleno verano y no solo en Gràcia sino en plenas fiestas del barrio. El ambiente olía a *aftersun*, a sudor y a los restos de humo que habían dejado tras su paso los *correfocs*.

Carlota se quitó los cascos y apartó la *tote bag*, llena hasta arriba de vinilos recién comprados, de una de las sillas que me había reservado y yo me acomodé antes de pedir una caña. Las calles estaban decoradas y detrás de nosotras tocaba un grupo de rumba que deambulaba por la plaza y que no me dejaba escuchar a Carlota.

—¿Qué tal la entrevista de trabajo? ¿Eres ya crítica gastronómica?

—Nada, era un timo, prefiero no hablar del tema.

—Bueno, esto se lo tenemos que contar a la policía, la gente no puede estar estafando a los chavales por LinkedIn —Carlota sacó el móvil del bolsillo y comenzó a teclear de manera frenética—. Me cago en la puta, ¿es que además de aceptar todos los trabajos de mierda tenemos que soportar que nos engañen y no decir nada? Al menos mencionaremos a esta hija de puta en Twitter y así de paso te haces viral, no te vendría nada mal.

—No, no. No era un timo timo, pero, vamos, que era un negocio turbio —dije acercándome a Carlota lo suficiente como para que me oyera entre el concierto que estaban dando los dos hippies descamisados a la mesa vecina y el bullicio de los guiris.

—¿Drogas? ¿Armas? ¿Trata de blancas? No me digas que era un narcopiso, ya verás que ahora se han trasladado del Raval a la Vall d'Hebron, vamos, lo que nos faltaba.

—No, no, era para... emmm... era una señora metida en movidas de brujas y magia —dije hablando bajito y para el cuello de la camisa que no llevaba, tratando de pasar de esta página lo más rápido posible. No podía evitar que se me pusiera la piel de gallina al recordar la estrafalaria escena que acababa de vivir.

—No, no, te he escuchado, no vamos a cambiar de tema, ahora me lo explicas bien. No, mejor dicho, espera a que se lo diga a Mireia, ya sabes que ella es superfan del tema. Mira, hablando de la reina de Roma, aquí viene la hippy pija de Sarrià justo a tiempo.

Mireia se infiltró entre la gente que estaba sentada en el centro de la plaza y soltó un aullido para que supiéramos que ya estaba llegando. Se había hecho una más del barrio, su sueño era vivir en Gràcia y ella había fijado nuestro lugar de reuniones en este bar de la plaza del Sol. Su idea de hacer algo «auténtico» era tomar cañas a tres euros en una terraza abarrotada, mostrando sus dilataciones de oreja y sus *Birkenstock* nuevas.

—Perdonad, que me he encontrado a unos amigos tocando la guitarra en la plaza del Diamant y me he tenido que unir a tocar las palmas, unos amigos que conocí en Granada, ya os contaré.

—Siéntate, Mire, que esto te va a flipar, esta chica de aquí ha entrado en una secta de brujas. Que Cat vive dentro de la trama de *Suspiria*, pero la buena, la que dirigió Argento, aunque la otra tampoco está mal.

Nunca dejaría de sorprenderme la inventiva de Carlota, su infinita capacidad de montar toda una narrativa a partir de tan solo un par de palabras balbuceadas por mi parte.

—Ala, qué morro, yo también quiero —dijo dándome un abrazo antes de sentarse.

—Con lo sosa que has sido durante toda la carrera y ahora nos cuentas las mejores historias, por eso somos amigas.

Una cosa que amaba y odiaba de Carlota a partes iguales era que siempre que te decía alguna cosa bonita tenías que aguantar alguna pulla primero. Intenté escaquearme desviando la mirada hacia el camarero, pero sin duda había captado su atención.

—Bueno, era verdad lo de que era un blog de gastronomía, pero también me ha dicho que hace cosas de brujería y..., bueno, me intentó adivinar el futuro.

—¿Y qué te dijo? —vociferaron ambas sin dejar de mirarme a los ojos sin pestañear.

—Bueno, que era piscis y que me iría bien en el trabajo y no en el amor.

—¡Hostia, tía, y tú eres piscis, seguro que es una bruja de verdad y, si te hubieras quedado, tú también lo serías! —exclamó Mireia mientras buscaba en su riñonera comprada en la tienda tibetana de la esquina el *grinder* con una enorme hoja de marihuana pintada a mano.

—Bueno, tía, pero se ve que Cat es piscis de lejos. ¿No ves lo aburrida que es? Eso lo acierto hasta yo. Y lo del amor también se puede intuir. Vamos, que no me lo creo, pero que la fantasía de conocer a una bruja ya es suficiente como para que me hayas alegrado la semana.

—No soy aburrida, tengo mucho mundo interior, pero no lo voy gritando y publicando en Twitter.

—No te lo tomes a mal, mujer, que yo estoy contigo, esa señora es un timo.

En ese instante llegó Diego, con su look de chándal y camisa abierta *vintage* de un euro del Humana, tarde y un poco borracho y fumado, como siempre, pero con la energía necesaria para lograr centrar toda la atención de la mesa hacia su persona. Yo llevaba bastante mal ser el centro de las miradas, por lo que tener a Diego a mi lado era el mejor as que podía guardar en la manga de persona introvertida. Si en algún momento decidiera casarme tendría que ser con alguien como Diego, un foco de atención andante que me ayudara a no gastar toda mi energía social de golpe.

—Hola, corazones, llego tarde porque se me ha apagado el móvil y acabo de salir de casa de un rollete y, bueno, sin Google Maps no soy persona..., pero aquí estoy: viva mientras no me mate el fascismo o la sarna.

—Siéntate, Diego, mira, al parecer, una bruja le ha predicho el futuro, pero no cualquier bruja, sino la señora que le hacía la entrevista de trabajo.

—Menuda fantasía. Nena, cuéntamelo todo, que tú sabes que yo también adivino cosas. Adiviné que el ex de Mire era imbécil, los maricones tenemos un sexto sentido.

—Bah —dijo la aludida sonriendo antes de tomar un trago—, no hace falta ser un genio para saber que, bingo, todos mis ex son imbéciles.

—También te digo, Mire —enunció Carlota con su voz más solemne—, que si pillas a todos esos chavales en conciertos de Txarango luego no les exijas un mínimo de inteligencia emocional.

—Para, Carlota, no empecemos, que los *sad boys* que te estás tirando estos últimos años no parece que cuenten con el manual de cuidados a la pareja bajo el brazo.

—Al menos se duchan.

—Bueno, ya vale —les dije intentando poner paz y frenar el pique absurdo entre mis amigas—, que la entrevistadora para el curro era una bruja y que me dijo que en el trabajo me irá bien, pero en el amor fatal. Una señora que se había quedado estancada en los ochenta y que no le regaba muy bien el coco. Que ella era la bruja de la Vall d'Hebron y su casa era un cuadro, pero poco más. No es para tanto, vaya.

—Eso y que adivinó que eres piscis —añadió Carlota dando un fuerte y firme manotazo a la mesa.

—A ver, tenía mi currículum con mi fecha de nacimiento y se quiso pasar por adivina, era bastante fácil, la próxima vez que me intente impresionar que adivine el cumpleaños de mi perro, pero, mira, otra experiencia rara en la ciudad con un personaje de hace cuarenta años, no quiero hablar más del tema, me da vergüenza. Hasta aquí.

—Bueno —dijo Diego mientras se acomodaba y le daba un trago a la cerveza de Carlota—, no va nada desencaminada, por ahora llevas un año sin comerte un rosco y eres piscis, yo te digo que sí es una bruja. Si no la llamas tú, la llamo yo.

Diego siguió divagando un rato más hablando de sus teorías sobre las brujas de Barcelona, que según él se encontraban entre nosotros, y yo miré el móvil, cansada del monotema y de la obsesión por ese personaje tan peculiar que más que miedo o fascinación me había provocado pena. No quería alimentar la culpa que sentía al escucharlos riéndose de ella o de su modo de vida a causa de mi grotesca historieta.

—Tía —prosiguió Mireia—, es que cada una de nosotras somos de un signo de un elemento distinto, yo creo que eso tiene que significar algo. Estábamos predestinadas a ser amigas.

—O a ser las W.I.T.C.H. —añadió Carlota mirándome a los ojos en señal de aprobación a mi postura más bien cínica.

—Mira, es que yo soy géminis y soy muy géminis, Cat es mazo piscis, tú eres la persona más sagitario que conozco y, bueno, Diego seguro que tiene una carta astral rara —dijo Mireia intentando acallar a Carlota.

—Bueno, yo soy capricornio, pero no soy nada capricornio —añadió Diego—, siempre llego tarde a los sitios y soy un desastre, pero creo igual, ¿eh?

¿Cómo no voy a creer si la astrología es cultura gay y yo soy un cliché?

Resoplé y volví a lo mío, que era dedicarme a mirar las historias de Instagram sin dejar de escuchar a Diego como un ruido blanco de fondo. Aquella charla suya sobre las brujas de Barcelona no me podía interesar menos. La fiesta seguía detrás de nosotras, la tarde empezó a caer y las bebidas a amontonarse en una superficie que había dejado de ser mesa hacía horas para convertirse en un bodegón de tabaco de liar desperdigado, mecheros, servilletas, un par de tarjetas de metro caducadas y cerveza derramada.

Por lo visto, mi episodio con la supuesta bruja había sido el pistoletazo de salida para la noche temática de lo esotérico: Carlota nos hablaba de lo maravillosa que era *The Love Witch* y nos animaba a ver la parte estética de la brujería, mientras que Diego y Mireia seguían argumentando, tremendamente obcecados, que aquello había sido una señal mágica para que dejara atrás mis sueños de periodista y me dedicara a tirar las cartas. Ya era casi medianoche cuando me llegó una notificación un poco extraña. Mi cara se tornó pálida y mis manos comenzaron a temblar.

—¿Qué pasa, Catalina? ¿Te ha vuelto a decir algo la bruja? —preguntó Mireia mientras se acercaba a mi móvil para poder mirar ella misma la pantalla desbloqueada y con la aplicación de WhatsApp abierta.

Los ojos de Mireia se salieron de sus órbitas y Diego y Carlota no dudaron ni un segundo en acercarse a mirar mi móvil a su vez.

—¿Qué pasa? No entiendo nada —chilló Diego sin llegar a alcanzar a mirar el móvil de lo ciego que iba ya.

—Que me hacen fija, que me pillan de las prácticas... ¡No me lo puedo creer!

Todos los presentes agrupados en torno de la mesa comenzamos a gritar y a saltar, nos abrazamos los cuatro sin dejar de dar saltos de euforia. Sentí que esa victoria era compartida y, en parte, eso era verdad, yo era la prueba de que se podía conseguir un triunfo. Había marcado nuestro equipo. La sensación de estar en una fiesta fue tal que las mesas de alrededor se unieron a la celebración, animando con aplausos e incluso aventurándose a abrazarnos y a darnos algún que otro beso.

El móvil volvió a vibrar entre la maraña de brazos y tetas que éramos.

—Espera, espera, ¿es esa otra notificación importante? Las sorpresas nunca vienen solas —dijo Mireia mientras me quitaba el móvil de las manos—. ¿¡Qué!? ¿Es un mensaje de Marc, tu ex?

Marc era el primer chico con el que yo había salido «en serio»; esto pasó en tercero de carrera. No hace falta saber mucho, la cosa duró cerca de un año y en general fue un poco tóxico y, como pasa siempre con este tipo de chicos, van apareciendo y desapareciendo cada cierto tiempo, como el Guadiana.

—Y vaya mensaje de mierda, también te digo —continuó Mireia escrutando la pantalla—. «Sigo pensando en ti, no te he superado», ¡ja! Seguro que es porque le acaban de dejar, no te fíes un pelo, ¿eh? La bruja tenía razón. Suerte en el trabajo, pero no en el amor, la magia existe y la astrología también, tengo toda la razón, como siempre, las géminis somos superinteligentes, es verdad, no digo tonterías.

La miré de hito en hito, ¿era posible que en solo unos minutos las dos predicciones de la bruja se hubieran cumplido? Era absurdo pensarlo, pero...

—Ay, madre, que la bruja tiene razón. Que tengo trabajo y una vida amorosa de mierda. Ahora ¿qué hago?

POST
Leo 🦁

Querida leo:

Eres más maja que las pesetas. El futuro te depara cosas buenas si las sabes recibir, es decir, si tu altivo carácter está a la altura de las circunstancias. No decaigas, hija, yo estoy contigo. Me ha dicho un pajarito que tienes una oferta de trabajo y que estás un poco cabizbaja. Ay, querida leo, si yo te contara... Mi consejo es que sigas trabajando y ya verás que dará sus frutos.

Un besito

3

SEPTIEMBRE

Virgo: el trabajo y la independencia

Es el signo de la complacencia, tiene vocación
de servicio. Metódicos y organizados, son uno
de los mejores trabajadores que puedes encontrar.
Harán las cosas bien y sin quejas, aunque luego te pongan
verde por la espalda. En el fondo, solo quieren volver
a casa y no aguantar a nadie. Puedes contar con ellos
para todo lo laboral, si no cortocircuitan antes, claro.

No volveré – Kokoshca

—Catalina... ¿Me estás esperando?

La voz femenina que se dirigía a mí en ese momento me sobresaltó y pegué un bote de la silla de la sala de espera en la que me encontraba. Me acerqué y estreché la mano enjoyada y de dedos finos que se extendía ante mí, en un *mix* de nervios y firmeza fingida.

—Sí, buenos días, ¡encantada!

—Yo soy Rosario y seré tu jefa de hoy en adelante, seguro que nos hacemos amigas muy pronto —dijo invitándome a pasar a su minúsculo despacho.

—Sí, sí, muchas gracias por la oportunidad. Estaría encantada de comenzar ahora mismo. —La emoción me delataba—. ¿Qué sección tengo? ¿Haré reportajes? Es mi especialidad, de hecho, mi TFG fue un reportaje hablando de la precariedad femenina en el sector de la meta...

—Pasa, pasa, no me digas más, cierra la puerta y ahora te lo cuento todo.

Rosario tenía treinta y tantos y un pelo corto rizado castaño precioso. Y guapa, pero guapa de verdad, no quería ni imaginarme cómo habría sido a mi edad. Vestía una falda de tubo y un *blazer* negro, lo más seguro que de la sección de básicos de Zara. Lo que más me sorprendió de ella era que llevaba deportivas, unas Adidas Superstar blancas con motivos dorados, detalle que contrastaba con su energía de *girlboss,* supongo que para mostrarse más cercana.

Me senté en la silla de cuero del despacho y comencé a mirar ojiplática el futuro que esperaba en cuanto empezara a trabajar en la que quizá fuera empresa de mis sueños. Las paredes estarían llenas de fotos de mis amigas y de reportajes de conflictos bélicos lejanos o de Watergates. Muy a mi pesar este no era el despacho increíble que había imaginado, en absoluto, más bien se podría decir que el cuarto donde me encontraba en ese momento no se acercaba ni por asomo a la fantasía barroca y familiar que podrías encontrar en mi *board* de Pinterest. El espacio era de un rollo más bien minimalista que no dejaba de ser formal o, lo que es lo mismo, era una habitación ekística con carteles inspiradores aspiracionales y alguna que otra planta, cómo no, dos potos colgantes.

Dejé de vagar la mirada por el despacho de Rosario y volví a centrar mi atención en lo que me estaba diciendo:

—Mira, Catalina, lo que necesitamos ahora mismo es el toque fresco de tu generación, pero no en reportajes, para encargarse de eso ya tenemos a gente con mucha más experiencia. Queremos modernizar la imagen de un par de secciones que no acaban de funcionar, piensa que aunque nuestros lectores suelen ser hombres de mediana edad y lo más seguro es que sean de derechas, podemos y queremos abrir un camino para acercarnos a los *millennials* y ahí es donde entras tú. No solemos contratar a gente recién salida de la universidad, de manera que contratándote estamos asumiendo cierto riesgo.

—Genial, estoy segura de que puedo aportar mucho. ¿Me pondréis en... deportes? —pregunté con voz temblorosa e implorando que ese no fuera mi futuro, no había nada que detestara más que el periodismo deportivo.

—No, nos harás la columna de astrología, ya sabes, serás nuestra pequeña Esperanza Gracia.*

Me quedé de una pieza. ¿Había dicho astrología?

—¿Has dicho astrología?

* Esperanza Gracia es una de las astrólogas más populares de la televisión española. Tiene un programa propio donde hace predicciones en la cadena de televisión Telecinco.

—Sí, ya sabes, el horóscopo y tal. Todas esas cosas esotéricas ahora están muy de moda entre las nuevas generaciones.

—Ya..., sí, entiendo, pero... no creo que yo esté capacitada, quiero decir, no tengo ninguna formación sobre el tema.

«Vaya —pensé—, sí que había algo que detestaba más que el periodismo deportivo.»

—No pasa nada, lo que no sepas te lo inventas. ¿Cómo crees que hemos trabajado hasta ahora?

—Pero..., pero... si yo hablo de sociología en mis artículos y, además me gusta el periodismo político y esto...

—Tú ponte a hablar de lo que hagáis los jóvenes como si escribieras en idioma TikTok, ya sabes, como habla tu generación, esto se publicará en la web dado que los chavales no leen prensa escrita, que sea todo «muy internet» —dijo enfatizando las comillas con los dedos—. ¡Puedes empezar ya mismo!

Yo estaba totalmente muda. El estupor y la impotencia se me agolpaban en la garganta y amenazaban con derramarse en forma de lágrimas, pero debía tragármelas, no había opción a réplica. Ese era el trabajo: lo tomaba o lo dejaba. A nadie le importaban mi ambición ni mis sueños de ser una periodista seria y reputada. Rosario se levantó y procedió a abrirme la puerta:

—Venga, lo dicho: ya te puedes poner a escribir, quiero el horóscopo de mañana para esta tarde. Tendrás que inventarte un seudónimo con gancho, eso sí, que el marketing lo es todo. —A continuación, me tendió su taza de café vacía de Mr. Wonderful—. Y, por cierto, ¿te importa dejar esto en la cocina? Está ahí al fondo.

Rosario me instó a salir de su despacho y yo me quedé parada unos segundos en el pasillo sujetando su taza. Acto seguido me empezaron a temblar las manos, miré a mi alrededor y, en un acto reflejo de desesperación, salí corriendo hacia el ascensor con la única idea de huir del edificio lo más rápido posible. Las lágrimas, ahora sí, empezaron a correr por mis mejillas. No me lo podía creer. Salí por fin a la calle y, al entrar en la estación de metro, estallé en sollozos. Mi carrera estaba destruida mucho antes de haber logrado siquiera despegar. No podía vivir en una mentira, nunca podría ser una profesional seria trabajando en la sección de astrología, ni siquiera la de un periódico de renombre como era el caso. Los sollozos se escuchaban ya por todo el vagón.

Envié un mensaje de voz a Carlota al salir de la estación, ya algo más calmada. ¿Su respuesta? Nada sorprendente: «Bueno, es una forma de empezar, al menos te han ofrecido ser fija». (Todo esto con muchos emojis de payaso, por supuesto).

—Carlo, tía, que odio la astrología, me he puesto

a llorar en el metro, soy una pringada de niveles estratosféricos.

—Entonces, ya eres oficialmente de Barcelona, llorar en el metro es un *upgrade*, es nuestro no lugar, ser de ciudad es eso y poco más. Supongo que empadronarte lo es más, pero a nivel simbólico solo ahora ya *ets de BARSALONA.*

Esta vez ni siquiera Carlota consiguió levantarme el ánimo. Yo estaba muy dispuesta a recrearme en mi miseria. Cuando llegué a casa, me desplomé en la cama y me puse a mirar TikTok. No tenía nada más que hacer que esperar que pasaran las horas y que me llegara el correspondiente despido tras mi huida. Quizá, si no daba señales de vida, no se darían cuenta de que no estaba en la oficina y cobraría igual. Quizá, si lo deseaba muy fuerte y me estaba quietecita, bien protegida del mundo bajo mis sábanas de Garfield, decidieran que ya no habría horóscopo, que era una tontería seguir con esa sección y me darían algo con más chicha, sucesos o economía, lo que fuera, ya me daba igual.

Seguía viendo TikTok cuando al cabo de un rato me llegó la notificación de un mail de Rosario, la *girlboss* enrollada:

Buenas tardes, Catalina:

Me han dicho que saliste despedida del edificio en cuanto terminó nuestra reunión. ¿Estás bien?

Este periódico es una pequeña familia y nos preocupamos por todos.

Un abrazo

PD: ¿Tendrás el horóscopo para mañana o me busco una sustituta? Si aún puedes enviarlo, que sea antes de las 19.30, para tener margen antes de enviar «a imprenta».

No me lo podía creer, ¿no me iba a echar? Y me estaba dando aún unas horas para entregar el dichoso horóscopo. ¿Acaso Carlota tenía razón y esa era una forma de empezar tan buena como cualquier otra? ¿Estaba siendo una dramática y una niñata? Me levanté, la verdad era que ya estaba más tranquila. Me limpié como pude los chorretones de rímel y encendí mi ordenador de mesa. Mientras esperaba no solo a que se encendiera, sino también a que se actualizara, me puse a buscar entre las revistas *Pronto* de mi abuela y mis antiguas *Súper Pop*. Quizá, después de todo, aquello no fuera tan difícil, estaba segura de que podría copiar aunque fuera las descripciones de cada horóscopo e intentar sacar algo de ahí. No, no era plagio, tan solo un poco de inspiración cósmica.

—¿Qué haces, hija? —preguntó mi abuela mientras saboreaba unos barquillos con los que endulzaba el café de la sobremesa.

—Abuela, no soy tu hija —le contesté sin dejar de rebuscar en el revistero del salón.

—Bueno, es que os parecéis mucho.

—Pues estoy buscando algo sobre astrología, pero es todo una mierda. Es una basura machista y superrancia. ¿Sabías que la utilizaban para mantenernos distraídas en las revistas femeninas? No hice ese curso de literatura feminista para terminar ahora hablando de chicos y de ropa. Es que me niego.

—Yo sé mucho de astrología, hija, de cuando fui a trabajar en París hace cincuenta años, por entonces eso estaba muy de moda.

—¿Y no te parecía machista? Bueno, seguro que no te pareció machista en esa época, pero ahora todo aquello nos suena lejano, es que se ve de lejos. No nos hemos distanciado de la Iglesia católica para ahora caer en movidas de brujas.

—Pero si tú estás bautizada, ¿verdad? Recuerdo el día de tu bautizo. También tu comunión, sí, me acuerdo muy bien.

—Bueno, eso no es lo importante, lo que importa es que yo estoy muy por encima de escribir esa mierda.

—Yo en París aprendí mucho de astrología, era muy moderna, me sé la carta astral de tu abuelo enterita.

—¿Ah, sí? ¿Me podrías hacer el horóscopo? Abuela, necesito que me ayudes: si no me quedaré en paro para siempre y terminaré siendo una ama de casa sin futuro y sin trabajo. —Lo dicho, estaba dispuesta a recrearme en el drama todo lo que hiciera falta.

—¿Cómo? ¿Como yo? —preguntó entre risas.

—No, no, sabes que no me refería a eso, yo admiro mucho tu trabajo: así mamá pudo estudiar para ser profesora. No, no acabó la carrera y se puso a trabajar en el bar, pero estudió gracias al esfuerzo que hicisteis tú y el abuelo.

—Pues a mí me gusta mucho el zodiaco y no lo veo una tontería, hija, déjame, te lo escribo yo. ¿Para cuándo lo quieres? Me conocían en París como Paranormale Paquita —dijo antes de quitarse las gafas y levantarse para buscar una libreta.

—Para dentro de un par de horas, pero sin prisa. Yo me voy a ver a mis amigos y a continuar con la mudanza y, cuando acabes, tú coges el teléfono de mamá, haces una foto y me lo pasas —contesté mientras iba preparando el bolso, buscando las llaves y dejando las revistas en su sitio.

Le di un beso a mi abuela, aliviada y agradecida por el giro de los acontecimientos, y hui de la que muy pronto sería mi excasa con un par de maletas llenas de ropa, el bolso y una mochila con libros. Había que ir llevando trastos al piso nuevo y esta era la forma más orgánica y barata que encontramos. Ya teníamos un piso nuestro en plena plaza de Sants. Por fin habíamos conseguido nuestro pequeño hogar soñado de techos altos y suelo de baldosa hidráulica. Con dos habitaciones y un salón enorme. Un poco frío y un poco caro para lo pequeño que era, sin terraza y con poca luz, pero eso era lo de menos. Estábamos tan ilusionadas por independizarnos que habríamos vivido en un garaje si hubiera hecho falta.

Llegué al portal y rebusqué entre los bolsillos de mis vaqueros hasta encontrar el llavero customizado que me había regalado Carlota. El portal era muchísimo más increíble que el piso, una maravilla modernista de principios del siglo xx que habían conservado intacta. No teníamos ascensor y vivíamos en la cuarta planta (sin contar el principal, lo que lo convertía en un quinto piso al uso para cualquiera que supiera contar). Abrí la puerta y no pude evitar dejarme llevar por la emoción de encontrarme a Diego allí sirviéndose un vaso de vino blanco Viña del Mar que acababa de comprar en el súper del barrio. Nos pusimos a gritar y saltar, aquello era lo más parecido a una inauguración de piso que habíamos tenido hasta entonces.

—Pero ¿tú no *estaba* trabajando, nena? —me preguntó medio tumbado en el sofá.

—Es una historia muy larga, pero, bueno, he salido un poco antes del trabajo por razones equis.

—¡Qué sosa eres, hija mía, de verdad! —añadió mientras me ponía a mí también una copa de vino de dos euros.

Agarré la copa después de dejar las cosas donde pude, me quité los zapatos y puse un poco de música desde mi móvil al minialtavoz que llevaba en la mochila.

—¿Y el mensaje de Marc?

—No respondí, le bloqueé y ya está, pero no le demos más vueltas, mejor acabar con toda esperanza lo antes posible.

—Bien dicho, corazón. Además, Marc era un hetero básico superaburrido.

Razón no le faltaba. Lo de Marc era agua pasada. Aunque después de la ruptura lo pasé francamente mal, poco a poco la herida había ido sanando y, de repente, un día, había dejado de doler. Ni de coña le permitiría ahora que volviera a marearme. Di un sorbo de vino y cambié de tema:

—A todo esto, ¿dónde está Carlota? Se supone que estaría aquí sobre esta hora.

—Estará con resaca, ya la conoces. Pero dime, cari, vas a ser reportera estrella de un periódico muy tocho. ¿Por qué no estás contenta?

—Bueno, al final tampoco me ha salido del todo bien: me quieren como la chica de los horóscopos, mi carrera está arruinada.

Di un sorbo al vino y se me pusieron los ojos vidriosos.

—*Yes.* ¿Y por qué? ¿Qué le vas a poner a capricornio?

—Yo qué sé. Si la que sabe de estas mierdas es Mire. Yo quería escribir sobre un tema importante.

—Bueno, chica, de verdad, alegra esa cara, coño, que, encima que tienes trabajo, te quejas, ni que tuvieras que trabajar para Ana Rosa. Tampoco está tan mal, yo mataría por ese trabajo. Lo más seguro es que tenga que empezar a vender droga o algo para no tener que volver a casa de mis padres y tú solo tienes que escribir cuatro tonterías en una oficina.

—*Nah*, ya encontrarás algo.

—¿Y cómo vas a escribir el horóscopo?

—He puesto a mi abuela a trabajar por mí, ahora me enviará lo que ha escrito. Cuando emigró a París en los sesenta se ve que ese tema estaba muy de moda y ella aprendió lo básico.

—¿No estaré yo hablando con la peor persona del mundo? Te quejas y te quieres ir de un trabajo donde solo tienes que inventarte movidas mágicas, pones a trabajar a tu abuela... ¿Qué será lo siguiente? ¿Matar gatitos? ¿Decir que la meritocracia es real y el capitalismo el mejor de los sistemas?

—Bueno, no seas exagerado, Diego, de verdad. Te encanta el drama. Al menos así le doy algo que hacer a la pobre señora, si nunca sabemos de qué hablar, yo qué sé, que se sienta útil.

—Tía, mira que te quiero, pero a veces tienes unas cosas que... —Cogió la botella, se levantó y empezó a recoger sus cosas. Parecía dolido de verdad—. Me voy, que hoy no estoy para aguantar tonterías y no quiero decir nada de lo que me arrepienta mañana, pero, vamos, ya podrías valorar un poco más lo que tienes, porque a veces parece que eres una malcriada y una arrogante. Ya nos vemos mañana, a ver si a los jefes de la revista les ha molado que subcontrates a tu abuela a cambio de nada. Parece que soy la única persona con un poco de escrúpulos en este grupo, de verdad.

Diego salió dando un portazo. Mi móvil vibró y vi que eran los textos que había escrito mi abuela, así que aproveché el momento de estar sola en casa para pasarlos a ordenador en mi nueva habitación aún por amueblar. Me senté sobre el frío suelo hidráulico y me acomodé como pude mientras el portátil se iba encendiendo. Más allá de algunas expresiones un poco desfasadas, lo que había escrito no estaba nada mal. Vaya, la abuela Paquita tenía bastante soltura a la hora de escribir. Sí, yo era consciente de la suerte que había tenido esa tarde, al menos aquello me ayudaría a superar el bache con cierta elegancia, hasta que consiguiera otro trabajo o pudiera convencer a mi jefa del poco recorrido de la sección del horóscopo en un periódico más o menos serio y con cierto renombre.

Se hizo de noche y preferí volver a casa. No tenía sentido seguir esperando a que Carlota se despertara de los efectos de su última noche en Razzmatazz. Por fin volvía a refrescar un poco por las noches, así que me puse una rebeca y los cascos. Fui a la estación de metro, esta vez sin llorar, tan solo con la sensación de malestar propia de haber tenido una discusión con un amigo y de no acabar de entender del todo el motivo de su enfado (o de no querer acabar de entenderlo, tampoco os voy a engañar).

Al sentarme en el vagón, me llegó una notificación de mail de Rosario. Yo estaba segura de que la había liado bien gorda en la oficina, pero así se lo pensaría dos veces antes de contratar a alguien sin experiencia en astrología para escribir el horóscopo. Si me echaban, al menos me libraría de la presión y del sentimiento de culpa por ser la única persona de mi círculo cercano que había conseguido encontrar curro al terminar la carrera. Y además tendría una historia que contar: cómo me contrataron para ser astróloga y no duré ni un día. Que al menos sirviera esta experiencia tan caótica y surrealista para echarnos unas risas. Es más, ya estaba pensando de manera maquiavélica el mail con que le respondería a mi encantadora y próxima exjefa:

Querida Rosario, muy buenas tardes:

Siento demostrarte que habría sido mucho más inteligente contratar a la hippy que vende inciensos en la tienda esotérica de debajo de tu casa que a una chavala recién graduada en Periodismo y especializada en política, sociología y feminismo. Por favor, te lo pido de todo corazón, no me hagas perder más el tiempo con tu crisis de los treinta, tíñete el pelo de un color atrevido, ponle los cuernos a tu novio con un jovencito en una discoteca o cómprate un monopatín eléctrico, me da igual, pero a mí déjame en paz.

Un beso y no me vuelvas a llamar ni cariño ni corazón, me pone de los nervios y no te hace más cercana,

CAT

Ya estaba disfrutando al imaginar qué cara pondría al leerlo. No dudé en regodearme en mi fantasía durante unos minutos, pero cuál fue mi asombro al ver la pantalla y ver palpitando la notificación de un nuevo correo. Tragué saliva y me dispuse a leer:

Hola, corazón:

Espero que ya estés mejor, estamos encantados con tus horóscopos. Aunque no entendemos muchas expresiones, nos resultan tronchantes, nuevas formas de hablar de la gente joven, supongo, eres la nueva sensación de la oficina. Yo me siento muy identificada con mi signo (soy virgo, pero ya lo habrás comprobado, estás hecha todo una brujita jeje ☺).

Sigue así y llegarás lejos. ¿Quién sabe? ¿Una ampliación de la sección? ¿Un apartado especial en nuestra cuenta de Twitter? ¿Mañana lo mismo, pero mejor? ¿Quizá un texto un poco más ajustado a los carcas que leemos las publicaciones y no entendemos vuestro lenguaje tan propio de internet? Tenemos todas nuestras esperanzas puestas en ti.

¡Sigamos así!

ROSARIO

PD: Mañana, si todo sale bien, espero darte buenas noticias, pero no te preocupes, no te haré *spoiler*.

Por lo visto, mi abuela, sin tener una carrera ni estudios de ningún tipo, escribía genial los horóscopos. No podía creer que aquello hubiera funcionado, estaba atacada y sentía tanta presión en el pecho que no podía respirar. Quizá Diego tuviera razón en eso de explotar a mi abuela, pero, mientras funcionara, yo continuaría haciéndolo. Ahora mis esperanzas estaban puestas en mi nueva empresa favorita: EDICIONES PARANORMAL PAQUITA S. L.

Llegué al pueblo cansada, pero con una especie de

extraña euforia por haberme salido con la mía. Todo ello junto con un latente sentimiento de vergüenza por haberme quedado en este trabajo y, además, por saber que en el fondo ni siquiera era moral por muchas razones. Entré en casa, ya se habían ido todos a la cama y mi abuela se había quedado dormida en el sofá, cogí una manta y la arropé. Mi madre apareció detrás de mí y me acercó un plato de macarrones con tomate:

—La pobre ha estado toda la tarde escribiendo en la libreta y se ha quedado dormida muy pronto. No sé qué estaba haciendo, pero estaba muy ilusionada. Cuidado con lo que le dices a la *iaia*, que se emociona y no para hasta terminar agotada, ya sabes cómo es ella.

—Lo sé. Era una tontería. Nada, un poema para un cursillo que estoy haciendo. No te preocupes, mamá, no volveré a pedirle algo que canse tanto a la abuela, ya sé que está mayor.

Mi madre volvió a la cama en cuanto metí los macarrones en el microondas. Al instante, sentí un nudo en la garganta. Tenía que buscar una solución: yo misma escribiría los horóscopos de los cojones. No me quedaba otra, aunque fueran una tontería o estuvieran mal escritos. Diego había conseguido su cometido, sí, la mayoría de las veces tenía razón. Me sentía una persona horrible y ese no era el mayor problema al que me tenía que enfrentar: el verdadero quebradero de cabeza era que no sabía ni por dónde empezar para ponerme a escribir, ni mucho menos cómo iba a salvar el culo al día siguiente en la oficina.

POST
Virgo ♍

Querida virgo:

Espero que no estés en la misma situación de precariedad e inseguridad que la escritora de estos horóscopos. Si es así, te compadezco porque estás bien jodida. ¿Cómo lo haces para tenerlo todo tan bajo control? Los demás nos ahogamos en un vaso de agua. Quiero decir que sé que tú también, pero al menos lo sabes ocultar de maravilla. ¿Ese es el verdadero secreto de virgo? Yo diría que sí. Te acabará petando algo en breve, así que no te tengo envidia alguna.

Un besito,

PARANORMAL PAQUITA

4

OCTUBRE

Libra: ligar y socializar

El signo al que mejor se le da y más disfruta de vivir
en sociedad, mejor dicho, ser una *socialité*. Les gusta
ligar y todo lo relacionado con el juego de la seducción,
lo que es conocido como un *player*. Huyen de los
conflictos y son de poner siempre la mejor cara.
Nunca te fíes de un libra.

Si pudieran hablar – Cabiria

—No me acaban de convencer, haz mejor algo parecido a los primeros que presentaste. Aquellos tenían mucho más arte que todos los que has escrito este último mes —dijo Rosario sin dejar de mirar a la pantalla de su ordenador.

—¿Y el seudónimo qué os parece? Lo estoy utilizando, pero no sé si os convence.

—Es encantador —añadió mientras cerraba el MacBook Air y me miraba a la cara sin pestañear—: el equilibrio perfecto entre modernidad y costumbrismo. Veo el nombre de Paranormal Paquita en la portada del magacín de moda de diciembre. Lo que falla no es el nombre, sino las predicciones, los likes y comentarios han bajado de forma drástica. Has perdido un poco la gracia, querida, pero, bueno, estarás atravesando un bache. Hoy le das a esto una vuelta, me haces algo parecido a la primera predicción y te vas a casa tranquila.

Me revolví incómoda en mi silla. No había sido capaz de mantener la imitación ni siquiera unas semanas antes de que me pillaran. Carraspeé y añadí:

—No sé si me saldrá algo parecido al primer horóscopo, aquel fue para mí muy especial.

—Mira, te doy el día libre, hoy no hay horóscopo, que te dé el aire y mañana me presentas unas predicciones increíbles.

Me volvió a echar de su despacho con su taza de café en mano y yo me marché de las oficinas en cuanto pude salir de allí. Durante el mes de septiembre había jugado con la ventaja que supone el caos de volver a la oficina después de las vacaciones. Nadie me hizo mucho caso y yo iba copiando el horóscopo de otros medios, tratando, eso sí, que no se notara mucho. Iba a la oficina, escribía mis cuatro tonterías y me quedaba viendo vídeos de YouTube hasta cumplir con las cuatro horas de mi media jornada. Si sentía que cantaba mucho el hecho de que no parara de ver vídeos para «inspirarme», me iba al baño con el móvil y me ponía a echar un vistazo a Vinted. Un plan sin fisuras hasta que Rosario se dio cuenta de que el horóscopo no lo miraba ni Dios. Los comentarios de las publicaciones eran casi inexistentes y los pocos que había eran insultos a mi persona y al horóscopo como tal.

Miré en el móvil las historias de Instagram mientras bajaba las escaleras del edificio y vi en la pantalla a Diego y Carlota haciendo *boomerangs* en la plaza del Sol tomándose un vermut. Cogí una bicicleta del Bicing más cercano y bajé la Diagonal a toda prisa, saltándome todos los semáforos posibles y presentándome sin haber avisado. Jadeante y sudorosa por la carrera, me acerqué a la mesa en la que estaban mis amigos y pedí otro vermut para mí.

—¡Pero ¿qué haces aquí?! ¿No estabas haciendo de Walter Mercado* en la *upper* Diagonal? —chilló Carlota dándome un abrazo aún con el palillo y la aceituna del palillo en la boca.

—Bueno, es que me han dicho que mis horóscopos son una mierda —dije mirando a Diego, en busca de su aprobación por haber seguido su consejo de dejar de explotar a mi abuela— y que me tengo que inspirar en algo, que me vaya a tomar el aire, así que aquí estoy.

—Bueno, pues a celebrarlo —añadió Diego mientras brindaba con los vasos de vermut en otro intento de hacer un *boomerang*.

—Sabéis que eso es de lo más *boomer*, ¿no? Lo hacéis de manera irónica, entiendo —señalé.

* Astrólogo puertorriqueño de apariencia estrafalaria conocido por su aparición en programas de televisión estadounidenses.

—No, no, la nueva ironía es ser auténtico. Ahora, hacer cosas de gente de treinta años mola y, si pones música de discoteca cutre y gifs en las historias, mejor, más *kitsch* —argumentó Carlota.

—Bueno, pues ya tengo el horóscopo de sagitario; deja de ser tan *cool* y deja que te gusten las cosas de verdad, no por estar de moda dejes de ser guay.

—Oye, como escribas algo de mí, me enfado.

—No, mujer, solo te expones tú solita cada día en Twitter.

—Pues eso mismo, me expongo yo.

—Aprovecha y pon cosas sobre tus ex. Yo te cuento sobre el mío, me lie con un escorpio que madre mía, vaya tela, cero luces, aunque, eso sí, follaba increíble —intervino Diego mientras daba un sorbo a su ya casi inexistente vermut.

—Pues no sé sus signos, la verdad, ahora, cuando me líe con alguien, le preguntaré cuándo es su cumpleaños para poder escribir después sobre cómo folla en la sección de astrología.

—Mira, yo te cuento y, luego, si quieres, lo publicas, pero yo no salgo por ninguna parte, ¿eh? No me vayan a echar luego cosas en cara.

—Venga, vale, cuéntame —contesté divertida más que nada por seguirle el rollo.

—Pues yo me enamoré de un escorpio superturbio. Aquel tío pertenecía a la realeza danesa e iba del rollo de encontrar emociones fuertes en Barcelona y, claro, yo me enamoré. Era un poco capullo y tomaba tanta ketamina que lo pasaba fatal cuando iba al dentista.

—¿Y eso? —respondí ojiplática.

—Bueno, cariño, eso es sedante para caballos y, si tomas mucho, luego la anestesia no te hace nada, mira, te hago un horóscopo... Aries: El superconsejito del día es no tomar ketamina antes de que te arranquen una muela. Es que al final te doy una historia con una moraleja y todo.

—Entonces, pongo eso en el horóscopo de mañana.

—Por ejemplo... Tú eres la periodista, así que ponte ya a escribir.

—Yo salí con un chico con un huevo raro —añadió Carlota mientras le daba la orden mímica al camarero de servir otra ronda.

Diego y yo estallamos en carcajadas. La conversación era cada vez más surrealista:

—Leo: Ojo con tu huevo raro, que las chavalas se han dado cuenta; mejor ponte una prótesis.

—Bueno, no lo pongas así, yo solo quería contribuir a la causa. Mira, hacemos una fiesta esta noche y te presentamos a personas por su signo. De esas fiestas temáticas de TikTok, que además ya casi es Halloween. Una fiesta del rollo de los dos mil. En plan vaqueros de tiro bajo y chándal de Juicy al estilo Paris Hilton. ¿Cómo se llaman?

—Y2K —dijo con retintín Diego—. Pues me parece fantástico, ya tengo la *playlist acabá*. Además, no habéis celebrado la fiesta de inauguración del piso, nenas, esto es una señal de los astros.

—Lo pongo ahora mismo en Twitter y que aparezca quien quiera. Si no los conocemos mejor, así haces tu magia. Y si lo escribes borracha o drogada, mucho mejor. ¡Total, peor no lo puedes hacer! —exclamó Carlota con su nivel de decibelios habitual, el apropiado para que nos escuchara la mesa de atrás.

—Entonces, me inspiro en la gente que conozca esta noche. Oye, pues no es tan mala idea, la verdad. Combino negocios y placer.

—Algo así, sí. Venga, vamos al Humana y nos vestimos de *Aquí no hay quien viva*. Y, de paso, a ver si te lías con alguien, que hace dos años que estás en sequía —añadió Carlota.

Brindamos por lo que nos pareció una idea genial y comenzamos a difundir la información sobre la fiesta. Se hizo el silencio entre los tres al sumergirnos en las cadenas de mensajes de WhatsApp, Instagram y Twitter. Tal era nuestra concentración que no llegamos a escuchar los aullidos de la mesa vecina, al menos hasta que comencé a notar que alguien me tiraba de la chaqueta con insistencia.

—Oye, nosotros también queremos ir a la fiesta y no sabemos dónde apuntarnos —dijo una chica con mucho *eyeliner* y pintas neogóticas.

—Eh... Bueno, será en mi casa, pero...

—Sí, sí, estáis invitados, os pasamos la ubicación. ¿Cómo os llamáis en Instagram? —preguntó Carlota sacando el móvil.

A pesar de ser reticente a dar mi dirección a desconocidos, sentí que ya conocía a esta chica de algo. No tenía nada que perder y Carlota tenía razón: debía conocer a gente y dejar de obsesionarme con mi mierda de trabajo.

—Me puedes buscar por escorpiogirl_98, yo llevo al resto a la fiesta, me gusta mucho mandar, pero eso ya lo verás.

—¡No creerás en eso del horóscopo! —vociferé intentando hacerme la chulita, pero fallando en el intento y dando un poco de vergüenza ajena.

—Claro, ¿tú no? Mira, a ti... a ti te doy mi número, para que hablemos del tema...

Y entonces escorpiogirl_98 me agarró del brazo y me escribió en la piel su número de teléfono con un rotulador permanente que sacó de su mochila.

Yo no dije nada, era como si las palabras hubieran abandonado mi cerebro de repente. ¿Qué le pasaba a esa chica? La verdad, daba un poco de miedo.

—Bueno, seguimos a lo nuestro, nos vemos más tarde —dijo ella antes de girar la silla y ponerse a hablar con sus amigos otra vez.

Diego y Carlota se quedaron mirándome. Yo seguía muda, sin apartar la mirada del brazo como si no perteneciera a mi cuerpo.

—¿Qué os pasa? —pregunté, sintiendo que me ponía colorada al instante.

—Vaaaya, creo que ya tienes un objetivo para esta noche, escorpiogirl_98. La *manic pixie dream girl* de tu trama —murmuró Carlota, bajando el volumen por primera vez en todo el día.

—¿Co... cómo?

—Tu Ramona Flowers,* tu destello de una mente sin recuerdos, tu Summer de *(500) Días juntos...*

—No, no, ya lo he pillado —le contesté tras aclararme la voz.

—Macho, es que es un cliché perfecto. Teñida de colores fantasía, camiseta de grupo Evanescence, *eyeliner* muy marcado y largo... Una *e-girl* que no te vendría nada mal para olvidar de una vez a Marc.

—Hostia, tú eres la graciosa y ella la del *eyeliner* —dijo Diego estallando en carcajadas.

Puse los ojos en blanco, dispuesta a ignorar sus insinuaciones, y seguimos bebiendo e intentando planear la noche, pero, una vez pasada la euforia inicial, a mí me empezaron a entrar las dudas. Me alteraba conocer a gente nueva. No me gustaba.

---

* Ramona Flowers es el personaje interpretado por Mary Elizabeth Winstead en la película *Scott Pilgrim vs. The World* y el interés romántico de su protagonista.

Solo quería tener pareja para no tener que buscarla. Odiaba los nervios de conocer a alguien, los silencios incómodos y la incertidumbre. ¿Y si tengo que aguantar a algún imbécil? Sin duda antes llamaría a Marc para volver a la rutina de verle jugar al Grand Theft Auto mientras se fumaba unos porros del tamaño de mi brazo y yo me ponía a leer a las Brontë casi como parte del decorado. Mejor Marc que cualquier idiota. De verdad que lo prefería. Me gustaba la rutina, saber a qué atenerme. Me emborracharía y dejaría que pasara lo que tuviera que pasar. No recuerdo ninguna vez que no me haya enrollado sin tener algo de alcohol o drogas en el cuerpo. Me aterraba la idea de compartir un momento de vulnerabilidad con alguien teniendo plena conciencia de la situación.

Se hizo de noche y nos fuimos a preparar la fiesta de la manera más cutre posible. Unos globos, una pancarta y, sobre todo, la *playlist* de hits de los dos mil. Estaba nerviosa, eso estaba claro, no sentía nervios por nadie desde hacía tiempo y habría estado dispuesta a escuchar la chapa sobre astrología de escorpiogirl_98. Es más, se la podría dar yo de vuelta, qué coño, he estado haciendo el horóscopo de un periódico importante durante un mes, algo había aprendido, tampoco soy tan inútil.

La gente comenzó a llegar, yo no conocía ni a la mitad, entre ellos peña que admiraba de la escena más *underground* de Barcelona, lo más seguro es que fuera gente que Carlota hubiera conocido en algún *after*. Su presencia bastaba para subir el nivel de la fiesta y eso a mí me venía de perlas para impresionar a la *e-girl* de la plaza del Sol.

Sonaba *Overload* de Sugababes cuando Mireia apareció en escena. Enseguida se puso a preparar cócteles. Diego se quedó preparando los aperitivos (dos bolsas de patatas, un poco de pan con fuet y guacamole) y Carlota no podía parar de hacer *networking* con cada persona que entraba a nuestra casa. Miré a mi alrededor, todo el mundo parecía disfrutar y, contra todo pronóstico, yo me sentía cómoda y en familia por primera vez desde nuestra graduación, aunque desde fuera aquello pareciera un congreso de modernos para determinar quién tenía la *tote bag* más rara. Sin duda, Carlota, Mireia, Diego y yo formábamos un muy buen equipo y me sentía afortunada de tenerlos cerca y de que me aportaran esa chispa que a veces le faltaba a mi vida.

Copa en mano, rumiando mis pensamientos y observando el ambiente, me vino a la cabeza la imagen de escorpiogirl_98 entrando por la puerta. Me volví a poner nerviosa. No pude evitar preguntarme si finalmente se presentaría o si solo había sido un farol por su parte, pero ¿por qué me importaba? Era una tía con mucha jeta a la que no conocía de nada.

¿O sí la conocía? ¿Por qué me había resultado tan familiar? ¿De qué me sonaba?

—¡Mira, Cat, te presento a Dani! —Mireia cortó el hilo de mis pensamientos con su grito desde la otra punta del salón—. Es acuario. Ya sabes, astrológicamente no acabáis de ser muy compatibles, pero a él también le gusta leer, algo es algo —dijo encogiéndose de hombros con fingida inocencia antes de señalarme a un pobre chaval lleno de tatuajes de *stick and poke** y ropa de *skater*.

—Hola, Dani, encantada —dije con educación—. Me gustan tus tatuajes, sobre todo ese de Bart Simpson, es la leche.

Evité a toda costa hacer cualquier movimiento que pudiera sugerir algún tipo de atracción por mi parte, como mirarle a los ojos un solo segundo, rozarlo o darle dos besos.

—Hola —contestó él, aún cortado.

—Además, el rollo *skater* es genial, mola ver que salís un poco del MACBA para relacionaros con gente más allá del señor de las patatas a un euro del Sultan. Ya sabes, las patatas del sultán, qué buenas que están. Esa era la canción de un amigo, pero no llegó a sacarla.

* Estilo de tatuajes hechos con tan solo aguja y tinta. Siguen la línea DIY ya que no se requiere una máquina y suelen ser hechos fuera de los estudios de tatuajes.

No podía parar. Cuando estoy incómoda, me entra la verborrea y resulta bastante insoportable para cualquiera.

—Gracias, aunque no soy *skater,* es solo la estética. A mí me mola tu rollo *normcore.*

—¿Gracias? —dije buscando con la mirada a alguno de mis amigos, pero estaban todos ocupados—. Tengo que ir al baño a hacerme, a cag... a hacerme una raya.

¿A hacerme una raya? ¿Por qué había dicho eso? La interacción social se me estaba yendo de las manos antes incluso de lo esperado.

—¿Me das una?

Joder...

—Eh... No, no, o sea, tengo para mí y ya está, lo siento. O sea, te ofrecería, pero es que yo no llevo encima.

Salí casi corriendo, dejando a Dani perplejo, y me encontré con una cola de tres personas para entrar en mi propio baño. Lo que faltaba. Uno de los chicos que estaba esperando para ir al baño no dejaba de mirarme. No sabía ni dónde meterme. Yo no era una persona sociable y aquello estaba acabando con toda mi energía. Si mi habitación no hubiera estado ocupada por más gente, me habría ido sin dudarlo a esconderme debajo de mis sábanas. Necesitaba desaparecer unos minutos: entrar en el baño, echarme agua fría, relajarme, tomar un poco de aire y decidir cómo debía proceder. Y todo esto antes de que alguien que quisiera meterse una raya de verdad quisiera ocupar el baño. Escribí un wasap a Mireia:

[11:49 p. m., 31/10] Tía, siento mucho pirarme así, sé que Dani es colega tuyo.
[11:50 p. m., 13/3] (Mireia) No pasa nada, creo que al que le molas es a su amigo Sergi, que está en la cola.
[11:50 p. m., 13/3] Ufffff
[11:50 p. m., 13/3] F
[11:50 p. m., 13/3] 💀💀💀💀💀💀
[11:50 p. m., 13/3] No puedo más, me quiero ir ya.

Justo antes de que llegara mi turno, me di cuenta de que la persona que tenía delante de mí era mi nueva amiga escorpiogirl_98. La que faltaba. ¿Al final resulta que sí había aparecido? No me jodas. Cerré los ojos y recé por que no se diera cuenta de que yo estaba detrás, pero, al girar la cabeza, me vio y no hubo forma de escapar de sus ojazos escrutadores y perfectamente delineados.

—¡Eh! Hola... Aún no sé tu nombre.

—Me llamo Catalina, pero todo el mundo me llama Cat, suena más anglosajón, lo empecé a utilizar con catorce por el personaje de Ariana Grande en una serie de televisión y ya me he acostumbrado.

—Yo me llamo Xoana.

—¿Eres gallega? Bueno, tienes un poco de acento, pero, vamos, que no me había dado cuenta.

—Sí, soy de Lugo, vine a Barcelona a estudiar estilismo. De hecho, me flipa tu look *normcore*, mola mucho que parezca que no te esfuerzas nada en ir de un *dress code*, pero en el fondo te esfuerzas, me gusta.

—No, no, son dos trapos que me dejó una amiga, no me gusta mucho la moda, la verdad, lo veo algo frívolo.

—Ah.

—Bueno, pero si te gusta, es genial.

—¿Igual que la astrología? Ya me di cuenta de que no te molaba.

—Bueno, pero la entiendo y la respeto, ¿eh?

Se me quedó mirando fijamente a la cara unos segundos que se me hicieron eternos. ¿Le había ofendido lo de la astrología? Ella parecía dudar, pero, al final, hizo un mohín con la boca y dio un paso fuera de la cola.

—Venga, vayamos a un sitio donde se pueda hablar, paso de ir al baño, prefiero mearme encima.

Me agarró del brazo y me llevó a la habitación de Carlota, que, sorprendentemente, estaba vacía.

Cerré la puerta a mi espalda y aproveché la penumbra para tomar una pequeña bocanada de aire y serenarme. Mientras tanto, Xoana buscaba a tientas el interruptor para encender la luz y preguntó:

—A ver, ¿qué signo eres?

—Pues soy piscis, pero no me siento muy piscis, la verdad. Bueno, algo sí que soy, pero al final las definiciones son tan vagas que cualquier persona puede verse reflejada.

Xoana se rindió en su intento de dar con el interruptor de la luz y se tiró en la cama antes de sentenciar:

—Bueno, eres un poco aburrida, eso es bastante piscis.

Encendí la lamparita de la mesita de noche y su luz cálida nos envolvió. Parpadeé un par de veces y me acomodé a su lado, en la cama de Carlota.

—Me gusta pensar que soy realista.

Xoana soltó un pequeño bufido antes de apoyarse en los codos.

—Venga, déjate llevar un poco. Mira, toma esto —dijo mientras rebuscaba en su bolsillo.

No sacó nada. Nos quedamos unos segundos mirándonos y me dio un pico. Se levantó y se fue. Me quedé parada, escuchando la música de fondo y sin saber muy bien qué hacer o decir en ese momento. ¿Qué hice? Pues afrontar la situación de la manera más cobarde, bebiendo todo lo posible como para que el alcohol trabajara por mí en una situación que me sobrepasaba por completo. El resto es un enorme blancazo del cual no me enorgullezco, pero del que pude sacar un par de historias interesantes para el horóscopo del día siguiente.

POST
Libra ♎

Querida libra:

Confío en que estés de fiesta o, en su defecto, con resaca. Si es la segunda opción, espero que sea intensa, porque la mía está siendo un infierno. Escribo estas líneas con el brillo del ordenador al mínimo, así que creo que te puedes hacer una idea... Tu futuro es reluciente porque eres una lameculos profesional, así que no te tengo en gran estima, amiga libra. Aunque eres maja, te envidio un montón.
Un besito,

PARANORMAL PAQUITA

5

Noviembre

Escorpio: intensidad, sexualidad y obsesión

Escorpio: Intensidad para todo. Son de los signos
más sensibles y por eso es de suma importancia para ellos
parecer mucho más chungos y duros de lo que son.
Se ponen a la defensiva enseguida y no dudan en atacar.
De los signos más sexuales (escorpio es el signo
que rige los genitales), y esa intensidad también se nota
en la cama. Que más os puedo decir: meted un escorpio
en vuestras vidas.

Meperd0nas? – Shego

Me desperté con un sabor peculiar en la boca. Estaba en el sofá del salón, rodeada de las latas que mis invitados no se habían dignado a recoger. Me encontraba sola en el piso. Mi móvil había desaparecido, de manera que no tenía ninguna noticia de lo que había hecho o había dejado de hacer la noche anterior.

Comencé a dar vueltas por el piso en busca del aparato. El sonido de cada paso que daba en ese suelo pegajoso hacía que me acordara de cada uno de los invitados, de sus increíbles modales y de la poca o nula educación impartida por sus padres. Encendí mi portátil y activé el rastreador deseando que, con suerte, siguiera encendido. Ilusa de mí, ese móvil llevaba apagado incluso antes del blancazo.

Decidí paliar la ansiedad por el posible robo de mi móvil entregándome a la limpieza del piso. Conecté el ordenador al altavoz portátil, puse el disco de VVV, el tema *Nadie es leal,* y busqué una bolsa de basura. Al barrer la mierda acumulada debajo del sofá, vislumbré algo parecido a un móvil en un rincón bastante inaccesible hasta con la escoba. Me arremangué y, decidida a conseguir ese preciado tesoro, me colé debajo de ese triste tresillo color crema heredado del anterior propietario e intenté tragar el mínimo polvo posible. Alguien llamó al timbre y no pude reprimir un grito.

Me levanté móvil en mano y con el pelo lleno de polvo y mierda y procedí a abrir la puerta mientras chillaba que ahora mismo abría.

—He traído desayuno. Por lo visto me tienes que contar algo —anunció Mireia antes de colarse por la puerta y dejar los cruasanes en el único hueco de la encimera sin alcohol derramado.

—¿Y Diego y Carlota?

—Pues no lo sé, la verdad, nadie contesta al móvil. Pensé que estaban aquí.

—Pues no hay nadie.

—¿Ni tu nueva novia?

—No. No hay nadie.

—¿Ni en tu habitación? ¿Has mirado ahí?

—Pues la verdad es que no —dije mientras buscaba en la bolsa el cruasán menos aplastado.

Mireia se acercó a mi habitación sin cuidado de no hacer ruido, pisando botellas de cristal, bolsas de patatas y alguna revista de cine de Carlota destrozada en un intento por tapar algún charco.

—¿Carlota, estás ahí? —chilló Mireia dando manotazos a la puerta.

La puerta se abrió con total lentitud y de ahí salió Dani, el *skater* de los tatuajes *stick and poke*, sin mediar palabra con ninguna de las dos. Se puso a buscar algo en el salón, pero por su lenguaje corporal adivinamos que no lo encontró. Salió del piso pronunciando el «adiós» más sutil que he escuchado en mi vida. Mireia no ocultó su mirada de me-tienes-que-contar-algo-y-me-lo-vas-a-contar-ahora-mismo.
Se sentó donde pudo con el café *take away* de la franquicia de abajo y se quedó mirando a la nada. Yo me aclaré la voz e hice un esfuerzo por sintetizar sin delatarme como una auténtica gilipollas:

—No pasó nada —dije por fin como restándole importancia—. Xoana me dio un pico y yo no supe reaccionar. Es que con las chicas siempre es más difícil.

—Bueno, ella dio el primer paso, así que ya es mucho. Yo de ti, y solo si te gusta de verdad, le enviaría un mensaje. Eso sí, sin darle demasiada importancia, tú como si nada.

La puerta de mi habitación se abrió de golpe y de ahí salió Carlota con el rímel corrido, anudándose el cinturón del albornoz comprado por mi abuela por encima de la única prenda que conservaba de ayer, su tanga. Agarró el último cruasán y se sentó junto a Mireia:

—Bueno, que de esto yo también me quiero enterar.

—Es que no te tienes que enterar de nada, no pasó nada.

—Pero ¿no te ha escrito nada hoy? Tú nunca llevas el móvil encima, seguro que te ha dicho algo —dijo Carlota volviéndose a anudar el cinturón del albornoz.

Acto seguido, Carlota agarró de forma brusca el móvil de mi mano y lo enchufó al cargador más cercano. Se hizo el silencio y un pequeño calambre de incertidumbre invadió mi cuerpo. No sabía si prefería la satisfacción de ser el objeto de deseo de esa chica que apenas conocía o si prefería la comodidad de la indiferencia. Me quedé embobada en este pensamiento en bucle hasta que la pantalla de mi Xiaomi roñoso y con la pantalla rota se encendió. Carlota no dudó en desbloquear la pantalla al segundo aprovechando que sabía de memoria la contraseña. Me miró y yo dudé en preguntar. Volvió ese silencio punzante.

—¿Te digo la verdad o lo que te apetece escuchar? —preguntó Carlota mientras me agarraba de la mano y me miraba directa a los ojos.

—Deja de crear dramatismo, por favor.

—Pues que te ha escrito por Instagram. Yo creo que le gustas de verdad, porque tienes solo dos fotos y las dos son de atardeceres.

—¿Y qué dice?

—Que si quieres tomar una birra en su piso esta noche. Ya digo yo que sí, que luego no escribes nada y te arrepientes. Escribo un «Sí, perfecto», que no necesitas parecer más *needy* de lo que eres.

La dejé contestar. Aun cansada física y mentalmente, la idea de volver a ver a Xoana no me resultaba en absoluto desagradable. Más bien al contrario. Nos quedamos las tres como en trance esperando la respuesta del otro lado.

—¿Y bien?

No quería delatarme delante de mis amigas para que no le dieran a la situación más importancia de la que tenía, pero me estaba poniendo un pelín ansiosa.

—Que vayas a su piso sobre las diez de la noche. Vive en Marina, aquí está la dirección. Tienes tiempo.

Mireia preparó una ensalada para las tres con lo que pilló por la nevera. No hace falta mencionar que Mireia era (¡oh, sorpresa!) vegana y tampoco hace falta tirar de imaginación para suponer que Carlota estaba en su salsa por su reciente y casi sin estrenar historia con Dani. Contar anécdotas era lo que mejor se le daba y, por lo visto, nosotras éramos el público que estaba esperando incluso antes de haberse acostado con ese pobre chico:

—Un chaval un poco parado, pero tampoco había mucho entre lo que elegir. Y creo que tenía novia, pero eso me importa más bien poco. Yo pasaba..., pero era muy pesado y el único que seguía por aquí sobre las seis.

—Que no te cuente tonterías, Cat, era ella quien andaba detrás de él.

—Qué va, qué va. Era muy torpe, no se enteraba de nada y, claro, lo tuve que hacer yo todo.

—Bueno, Carlota, hasta aquí. No sé si sabéis que Dani es mi amigo, por eso estaba en la fiesta de ayer. ¿No se te pasó eso anoche por la cabeza? —dijo Mireia elevando la voz—. Es que es siempre lo mismo, te lo inventas todo.

Carlota no contestó y en silencio volvió a su habitación para cambiarse.

—¿Qué le pasa? —me susurró al oído Mireia.

—Lleva casi tres meses sin encontrar trabajo y se está quedando sin pasta. Bueno, lo que quiero decir es que está irascible.

—Tendrías que escribir sobre nosotras, Cat, damos para más de un post. Carlota es la típica sagitario, de cambiar de *mood* de manera repentina sin venir a cuento. Ya te digo que si cuentas lo de esta tarde a mí me conseguirías enganchar.

—Pero ¿lo de cambiar de estado de ánimo no es de géminis?

—Oye, pues sí que estás aprendiendo rápido... ¿No será que te está empezando a gustar? —preguntó con una sonrisa antes de acomodarse en el sofá.

Decidimos dejar de hablar del tema y nos acurrucamos para ver algo. Tenía algunas películas descargadas en el ordenador, así que abrimos el primer archivo que encontramos, *Reality Bites,* con Winona Ryder, Ben Stiller y Ethan Hawke. Lo habría pillado de algún gif de Tumblr, cuando me obsesioné con Winona y así descubrí que tan hetero no era.

Se hizo de noche enseguida, la hora de mi ¿cita? con Xoana se acercaba. No sé si fue por haber compartido la tarde con mis amigas o estar más descansada o más cachonda después de haber visto a Winona en la pantalla, pero de repente me sentía menos vulnerable y más preparada para probar, para volver a tener algo. Desde que lo había dejado con Marc, no tenía la mente para nadie. Mis inseguridades estaban a flor de piel y temía dar la imagen de una persona demasiado fría o demasiado necesitada de cariño. Supongo que, como todos, solo quería que me quisieran y, para qué negarlo, romantizar un poco mi vida. Crear un poco de fantasía alrededor de la figura de esta chica. Lo que necesitaba era una ilusión o la esperanza de tener alguna: al final, ambas cosas eran bastante parecidas.

Pensando en todo ello y con los nervios a flor de piel, me fui a la búsqueda de un Bicing. Aunque hacía frío y era de noche, las calles estaban llenas de gente. Al subirme a una de las bicis y sentir el viento bajo mi falda, me invadió un sentimiento de euforia. Me sentí la protagonista de mi propia película por primera vez en meses. Al detenerme en un semáforo en rojo, decidí cometer una pequeña infracción y, encantada, me puse los auriculares. Era el subidón que necesitaba. Esperé unos segundos y comencé a disfrutar la banda sonora de la serie que estaba a punto de protagonizar.

Al llegar a la dirección y dejar la bicicleta en su punto Bicing, busqué un todo a cien y compré un *six pack* de Estrella Galicia. A lo loco, nada de Xibeca, esa noche tenía que aparentar superar la miseria que el salario mínimo dictaminaba por media jornada. Aún faltaban veinte minutos para llegar a la hora que habíamos acordado, así que me dediqué a dar vueltas delante de su puerta hasta que solo faltaran cinco. Sin duda debía actuar como una persona capaz de gustar.

Xoana me abrió con un look similar al de la noche anterior, pero mucho más despampanante. Cogió las cervezas y las metió en la nevera casi de forma robótica. Acto seguido, me tomó de la mano y me condujo a su habitación. Todo esto sin decirme ni hola. Estaba flipando.

El sitio daba un poco de grima, era un piso de estudiantes bastante oscuro. Se notaba que todos iban a artes por la cantidad de tabaco de liar esparcido por las mesas, además de los lienzos y trozos de tela tirados por los pasillos. La habitación de Xoana era un poco más punk que el resto de la casa, coleccionaba Furbies que supuse que ella misma customizaba. Pósteres de The Cure con más años que ella y revistas de moda esparcidas por toda la habitación.

Encendió el ordenador y se quedó mirándome. Se volvió a levantar, me dio la lata a medio beber que tenía en la mano y volvió a la cocina a por otra. Al volver puso un poco de música desde el móvil y se sentó en el suelo mirando la ventana, dejando que el ordenador se iniciara a su ritmo. Me recorrió un temblor por todo el cuerpo y comencé a sudar. ¿Dónde me había metido? Se levantó y empezó a manipular el portátil dándome la espalda. Lo único que veía era la enorme cantidad de ventanas de programas que inundaban el escritorio de su MacBook. Al terminar este proceso, comenzó a acercarse a mí de forma bastante brusca. Me agarró de la cintura y me metió la lengua hasta el fondo. Aquello fue tan desagradable que no pude evitar empujarla.

—Yo... necesito un poco más de tiempo, casi no he tocado la cerveza.

—Bueno, es que no tengo mucho tiempo, la verdad, mi horario empieza ya y después he quedado.

—¿Tu horario?

—Sí, bueno, lo que te dije en la fiesta. Sigue en pie, ¿no?

—Emm... Pues la verdad es que no me acuerdo.

—Vaya. Bueno, sí, ibas bastante ciega. Me extrañó que fuera tan fácil con esas pintas de sosa.

—¡No te entiendo, de verdad! —exclamé tratando de recordar qué había pasado entre el pico y el blancazo.

—Bueno, yo me pago los estudios siendo *cam girl*.

—Ajá.

—Y desde hace tiempo me estaban pidiendo una compañera más *normie*, ya sabes, los clientes. Te vi en la terraza y pensé, joder, esta chica es perfecta. La definición de alguien normal. No es que eso tenga nada malo, pero me muevo entre gente muy guay y tú eres una rareza para mí, estás muy fuera de mi burbuja.

—Entonces, todo lo que has hecho ha sido por esto.

—Bueno, tampoco te lo iba a decir así de sopetón. Tampoco hago nada muy guarro, solo me manoseo un poco y con eso me pago el piso.

—Entonces, hasta aquí hemos llegado, Xoana, disculpa la confusión, de veras —dije dejando la lata de cerveza en su escritorio.

Salí de su habitación, recorrí el pasillo y me giré, esperando encontrar una respuesta diferente a la escena que estaba viviendo. Al instante, vi que su cabeza aparecía desde la puerta de su habitación, que se abría al salón.

—Jo, pero aún podemos hacer negocios. Sígueme en mi Instagram profesional, ya verás qué cosas más chulas hago. De verdad que eres muy cerrada de mente, Cat. Lo único que hago es alegrarle la tarde a un par de pardillos que sueñan con tener una novia gótica y que ahora creen que una chica normalita también podría ser sexy. Mucho os quejáis tú y tus amigas del sistema, pero también participáis en él. Esto es otra forma de negocio.

Cerré la puerta de golpe y eché a correr. No me veía con fuerzas para coger la bicicleta, así que crucé el puente de Marina y pillé el metro. Al subir al vagón, me desmoroné por completo y comencé a llorar. Me sentía sucia. Para agravar la experiencia, me puse los cascos y no dudé en reproducir la lista que había creado Carlota para este momento en concreto (y sí, aunque me dé vergüenza admitirlo, era «llorando en el metro»). En palabras de Carlota, la experiencia de llorar en el metro de Barcelona es algo esperpéntico, algo que cualquier barcelonés que se precie debe haber pasado al menos una vez en su vida. Es compartir un momento de intimidad con otros ciudadanos, hacerlos partícipes de una pornografía emocional de la cual no pueden escapar (excepto si cambian de vagón, claro, pero, si lo hacen, dan muestra de haber advertido tu llanto y de sentirse incómodos por ello).

Nada más llegar a casa, abrí la pantalla del portátil y me puse a escribir dejándome llevar por los sentimientos que había tratado de reprimir desde que la había visto por primera vez. Ni siquiera yo conocía la rabia que podía ocultar en mí al sentirme utilizada de esa manera. Mireia tenía razón, no tenía que inventarme nada: la realidad ya me daba un contenido más que suficiente para la columna:

ESCORPIO: Es mentira eso de que tengas profundidad, eres una rata. Tu innegable capacidad para emprender dudosos negocios solo es comparable con tu absoluta falta de empatía. Has llevado el sueño de la *manic pixie dream girl* hasta tal punto que ya no eres nadie sin esa capa. Lo más seguro es que si mostraras tu manera de ser nadie querría estar contigo, así que entiendo que los amigos te duren tan poco.

Tomé un poco de aire y apreté el botón de enviar sintiendo la adrenalina correr por todo mi cuerpo. Carlota tenía razón. Si lo pensaba demasiado no lo haría, y en ese momento necesitaba desahogarme de alguna manera.

Al día siguiente, volví a la oficina decidida a evitar a mi jefa. Ya me estaba arrepintiendo de lo que había hecho. Aunque no hubiera mencionado su nombre, no merecía que hablara tan mal de ella. Al final del pasillo, apareció Rosario con sus pantalones rojos de pata de elefante y sus botas con tacón de aguja.

—Catalina, lo has vuelto a hacer. Has descubierto el santo grial de la astrología.

—Pero ¿qué ha pasado?

—Te confieso que después de esos horóscopos tan flojos de las últimas semanas ya estaba pensando en despedirte, pero los lectores adoran a esta nueva Paranomal Paquita tan ácida.

—¿Les gusta?

—Bueno, es que has encontrado el oro, el odio es lo que vende en internet. ¿Cómo no lo habíamos pensado antes? Bueno, por eso tenemos a gente joven, para que aporten. Desde ahora odias a todos los signos, tienes que estar amargada con la vida, ni un atisbo de positividad. La vida es una mierda, ¿me oyes? ¿Lo podrás hacer?

¿Que si lo podía hacer? En ese momento me sentía tan defraudada con la vida adulta, con el amor y con todo en general que por una vez en la vida me sentí preparada de verdad. Si el hartazgo tenía que ser mi motor, que así fuera.

—Nací preparada. Lo de ser positivo es propio de los *boomers,* por eso os gustan tanto los minions y... —dije decidida a continuar hablando mientras dejaba las cosas en mi mesa, haciendo ademán de sentarme.

—No digas más, así me gusta, esto se hará viral todos los días.

POST
Escorpio

Querida escorpio:

Espero que te lo estés pasando muy bien y que ligues mucho, que se te da de lujo. Yo personalmente soy un desastre, las piscis somos unas torpes, pero no hablemos más de mí. En el fondo, te tengo envidia, ¿sabes? Tan segura y decidida. Qué coño. Me asqueas. Te deseo lo peor, querida escorpio. Al menos hasta que seas la mitad de desdichada que esta escritora.

Un besito

6

DICIEMBRE

Sagitario: sexualidad, libertad y fiesta

El signo de la libertad, la pasión, la diversión,
la sexualidad y el pensamiento doble. Te explico
un poco este último término. El centauro es un ser
mitológico que es medio caballo medio humano;
a veces le invade una pulsión racional y otras una animal.
Es una persona que piensa dos cosas contrarias al mismo tiempo. Un lío, aunque puedo llegar a entenderlo.
Un poco como la reina de las contradicciones.

Vértigo – Alan Neil

Mi vida de odiadora profesional estaba siendo bastante más satisfactoria de lo que esperaba. La gente parecía apreciarlo y yo me lo pasaba genial. Poco a poco comencé a utilizar las anécdotas de Carlota, Diego y Mireia como mina astrológica. Los lectores apreciaban mucho más mi sección, supongo que por ser así las predicciones mucho más humanas. La gracia de la nueva columna era recalcar todos sus aspectos negativos: la intensidad de Carlota como sagitario, la tendencia obsesiva de Diego con el dinero como capricornio y las dos caras de Mireia como géminis intentando ser una hippy pasota cuando, en el fondo, era igual o más sargento que su madre. Voy a admitirlo, a veces me sentía un poco *bully*, pero, al menos, detrás de los signos y de mi seudónimo me decía que no estaba haciendo daño a nadie.

Mentiría si dijera que volví a saber algo de Xoana. Seguí desde una cuenta privada su Instagram profesional. Tenía razón, no había nada muy guarro. Su halo de *suicide girl* me seguía gustando y, aunque me dé mucha vergüenza admitirlo, utilicé alguna de esas fotos durante algún que otro momento íntimo. Quería disfrazarlo como una venganza, pero la realidad es que me sentía muy triste y sola.

Carlota estaba un poco mosqueada aun con Mireia. Os aseguro que prácticamente no salía de su habitación, seguía sin encontrar trabajo y, salvo con Diego, no mantenía ninguna relación de amistad activa con nadie. Eso dificultaba muchísimo más mi trabajo a la hora de transcribir sus aspectos más sagitario, pero la mina de anécdotas que había ido recopilando a lo largo de nuestros años de amistad me daría para unos cuantos meses.

Entonces llegó el 24 de diciembre. En Nochebuena me sentí más sola que nunca. Carlota se había ido con su familia y yo, que había fingido el peor resfriado de la historia para poder quedarme en casa sin hacer nada, ya me estaba arrepintiendo de no haber ido a visitar a mi abuela. Como no tenía ganas de cocinar y tampoco dinero para pedir a domicilio, decidí probar esa app dedicada a recoger comida que si no tirarían a la basura los restaurantes. Mireia la odiaba, decía que le estábamos quitando comida a los pobres y que yo me estaba aprovechando del sistema para comer sushi por cinco euros cuando me podía permitir una bandeja de maquis normales. Tenía razón, pero en ese momento ya me sentía tan mala persona por tantas cosas que añadir una más me daba igual.

Y ahí estaba yo, delante de un restaurante bufet libre de sushi de Sants, a las once y media de la noche, esperando a que todos los clientes se hubieran ya marchado para que los empleados me dieran un poco de sobras. La cola de las personas que acudían a recoger su pequeña ración de comida japonesa de bastante mala calidad cada vez se hacía más grande. Toda aquella gente estaba como yo, sola y con una cara de amargada consistente, tacañería de clase media, aunque, al menos, tenía la sensación de que yo era la que más proyectaba una sensación de culpa. Recogí el pedido como todos los demás, pero al menos puse cara de persona avergonzada y así sentí ser un poco mejor que el resto de las personas de la cola de ese antro.

Fui recorriendo las calles de Sants hasta llegar a Hostafrancs. En algún momento de aquel paseo, me di cuenta de que me estaban siguiendo. Me giré y vi que tenía detrás a uno de los chicos que había estado haciendo cola conmigo en la cola del bufet. Aceleré el paso, pero él hizo lo mismo, así que, al borde del flato, decidí detenerme y enfrentarme a él.

—Bueno, ¿qué quieres? —refunfuñé tiritando.

—Te vi en la fiesta de Carlota, soy amigo de Dani.

—Vale, ¿y?

—Pero ¿eres tú, Cat?

Yo no tenía ni idea de dónde quería ir a parar y lo absurdo de la conversación no estaba mejorando mi humor precisamente, más bien al contrario.

—Sí, soy yo, me estoy congelando. ¿Qué quieres?

—A ver, esto es un poco raro, pero como te he visto con un *pack* de sushi, sola, en Nochebuena, pues he pensado que mejor que pasar los dos la noche solos será tomar esta cena en compañía.

Me sentía ridícula, pero de alguna manera me merecía aquello por ser una hija tan dejada que ni siquiera había vuelto a casa por Navidad. A la vergüenza se sumó la culpa. Era mi momento de tocar fondo. ¿Y ese chico? Ese chico no me gustaba en absoluto, de hecho, ya me caía mal. ¿Quién coño se había creído montando ese numerito de seguir a la chica por las calles iluminadas por lucecitas navideñas? Pero me sentía sola, esa era la verdad. Y el hecho de que fuera Nochebuena acrecentaba aún más ese sentimiento. Desde aquel torpe y fallido intento de monetizar mi bisexualidad con Xoana, no había sentido el calor de nadie. Ya, total, qué más daba.

Le miré a la cara. Al segundo vistazo, me dije que tampoco estaba tan mal. Era más alto que yo, pero no mucho. Tenía el pelo corto y castaño, como sus ojos, que me miraban curiosos a la espera de alguna respuesta por mi parte.

—No me has dicho ni cómo te llamas, podrías ser un psicópata —dije intentando ganar algo de tiempo.

—Me llamo Sergi.

¿De verdad estaba sopesando en serio la posibilidad de pasar la Nochebuena con un desconocido que parecía tan solitario como yo?

—Bueno, vale, pero solo si tu casa no está muy lejos. Y..., bueno, solo un rato y no me voy muy tarde porque no me gusta coger el bus nocturno a las tres de la madrugada. Qué coño, ¡me pagas tú el taxi!

Sergi me dedicó una sonrisa triunfal que hizo que le apareciera un hoyuelo en la mejilla derecha.

—¡Qué bien! Pues vamos —dijo echando ya a andar—. ¿Y qué haces tan sola el día de Navidad?

—Eso es mañana.

—Bueno, pero mañana supongo que seguirás sola.

Me paré en seco. ¿Acaso este tío no sabía lo que era tener un poco de tacto? Por otra parte, razón no le faltaba. Efectivamente, al día siguiente seguiría sola.

—Me voy ya, ¿eh? No hace falta echar más sal en las heridas.

—No, no, perdona. Mira, yo vivo al lado del metro de Hostafrancs, aquí, a la vuelta de la esquina —añadió señalando el final de una callejuela no demasiado bien iluminada.

Nos acercamos hasta allí caminando despacio, uno al lado del otro. Vaya escenita, no sé lo que debíamos de parecer vistos desde fuera, pero a mí me daba entre penita y risa.

Subimos las escaleras de lo que entendí que era un piso familiar, no solo por las fotos de familia colgadas por todas las paredes, sino también por el orden que tanto echaba de menos desde que me fui a vivir con Carlota. Casi todas las luces estaban apagadas, menos la de la cocina, que iluminaba a duras penas todo el piso.

—¿Quién está por ahí?

—Mi abuelo, pero está sordo como una tapia, así que no te preocupes.

—Pero ¿no decías que estabas solo?

—Bueno, en mi habitación estoy solo, mi familia se va a la cama a las once, así que tranquis. Además, toman pastillas para dormir y mi abuelo va a su bola, no se extrañaría ni diría nada ni aunque nos viera. Se podría decir que es muy parecido a estar solos.

Le miré atónita, menudo personaje. Él me hizo un gesto con la mano señalando una puerta cerrada al final del pasillo, como invitándome a pasar.

Entré a su habitación, atrapada en su adolescencia: fotos de *skaters* y de chicas en biquini, ropa por el suelo, sus patines tirados encima del escritorio y un olor a maría que te sacudía nada más abrir la puerta. Una *red flag* enorme de chaval, pero bueno, ese era mi nivel de necesidad de entablar una conversación con quien fuera.

—¿Cuántos años tienes? —le pregunté encogiéndome de hombros.

—Bueno, estoy en cuarto de carrera. De Psicología. Aún vivo con mis padres porque soy de aquí y sale más barato. Ya sabes lo difícil que es todo en esta ciudad.

—Claro, eres un bebé.

—Pero ¿tú no eres solo un año más mayor?

—¿Cómo lo sabes?

—Bueno, me lo dijo Carlota en la fiesta.

—Ah, ya. Bueno, es que trabajar envejece mucho. Hay un abismo entre el último año de carrera y el primero trabajando —dije, dándomelas de mujer profesional mientras dejaba como podía mi chaqueta sobre el montón de ropa que había encima de su cama.

—¿Y qué haces?

—Escribo el horóscopo en un periódico, ese trozo de papel que te cuenta noticias. No sé si te suena.

—¿Eres siempre así de borde?

—¿Eres siempre así de borde? —imité poniendo voz de Pitufo—. Joder, es que pareces sacado de una *romcom* mala. Sabes esa con Chris Evans y la mala de *True Blood*, que están en las calles de Nueva York y ella se queda toda la noche tirada y él va de chico profundo y sensible que es tan guapo como Chris Evans.

Él pasó de mi referencia cinematográfica y siguió a lo suyo:

—Entonces ¿crees en esa mierda? ¿Sabes que hay una teoría que afirma que las frases de los horóscopos están tan vagamente escritas que podrían funcionar con cualquier persona? Se llama efecto Forer.

—Me la suda el efecto Forer, pero yo tampoco es que crea mucho, la verdad.

—¿Una astróloga que no cree en la astrología? Me encanta. Bueno, yo soy tauro.

Se me escapó una pequeña sonrisa. El chico era raro de cojones, pero no dejaba de resultarme extrañamente agradable estar hablando con él.

—Yo piscis.

—¿Son compatibles? —preguntó con una sonrisilla pícara.

—Emmm... Pues sí, sí que lo son, la verdad.

—Entonces, ¿sí crees en el horóscopo?

—Bueno, hago bien mi trabajo.

En ese momento, Sergi dio un paso hacia mí. Estábamos muy cerca en aquella semipenumbra. Podía ver perfectamente sus largas pestañas proyectando su sombra sobre sus pómulos y sus labios entreabiertos. Mientras mi cerebro intentaba procesar toda esta cercanía tan repentina, Sergi me besó. Me gustaría contaros que le empujé ofendida y me fui de su casa familiar. Que su rollo de echar por tierra mi trabajo y sus frases de mierda sacadas de un manual para ligar por la calle no habían funcionado conmigo. Pero la verdad es que respondí a ese acercamiento con más ganas que él. No pienso comentar ningún detalle por el bien de la persona que está leyendo esto, por Sergi y por vergüenza. No fue el polvo más triste de mi vida, pero quizá coronaría un precioso top tres. Pero bueno, era Navidad, hay que ser compasiva con una misma y tampoco pensaba volverle a ver. Como mucho, le vería en alguna fiesta, me escondería y punto final.

Me levanté a la mañana siguiente en la habitación de Sergi con la sensación de haber vivido un sueño. Tener una cita improvisada fuera del contexto de una fiesta era algo nuevo para mí y despertarme en casa de un desconocido sin resaca mucho más. Me vestí lo más rápido posible y recorrí ese pasillo deseando con todas mis fuerzas no encontrarme con nadie. Abrí la puerta y me giré contenta por haber conseguido llegar a la salida sin sorpresas, pero ahí estaba. Vaya, el abuelo de Sergi en toda su plenitud. Esbozó una sonrisa y me abrió la puerta sin dejar de mirarme.

Bajé las escaleras y, justo al pisar la calle, recibí un mensaje de Mireia. Los amigos de Dani celebrarían una *rave* para fin de año. Lo medité durante un minuto, ¿por qué no? Sí, me apetecía un poco de desenfreno, música, amigos... Era un buen momento para salir de la cueva. Estaría toda la gente que había ido a la fiesta de inauguración de nuestro piso; no tenía claro si considerar eso ventaja o inconveniente.

El día de Nochevieja llegó y yo no me sentía nada preparada para lidiar con Sergi. Obviamente, no habíamos vuelto a hablar desde que me escapé de su piso como una vulgar ladrona. Entonces, me había parecido el movimiento correcto, pero, después de darle vueltas, sentí algo de remordimiento y bastante vergüenza por no haber sido capaz de enfrentarme a una conversación mañanera como una adulta funcional.

Estaba en el salón del piso con Diego, viendo uno de esos *realities* de señoras ricas con problemas propios del primer mundo. Carlota seguía sin salir de su habitación, así que Diego se había vuelto mi mayor confidente: al menos él también conocía la sensación de acostarse por validación masculina o por el simple hecho de pasar un breve momento de intimidad con alguien. Me dijo que no estaba mal de vez en cuando, pero que era peligroso engancharse a ello, que me lo tomara como una mala racha y dejara ya de rayarme.

Mireia llamó a la puerta, volvía del pueblo y para ella el pueblo significaba tener que lidiar con todos sus parientes más bien de derechas. No había salido del armario con ellos y cada Navidad volvía más tocada. Al abrir la puerta, me sorprendió una Mireia rapada y pintada con dibujos por todos los brazos, con plataformas y calentadores, lista para la *rave*.

—¿Y bien? —preguntó con una sonrisa Mireia antes de sacar unas latas de cerveza de su mochila.

—Estás superguapa —gritó Diego aún tumbado en el sofá.

—Te queda increíble, Mire.

—Bueno, necesitaba renovarme, lo deberías probar, Cat. —Se sentó al lado de Diego, me pasó una de las latas y se quedó mirándome—. ¿Dónde es la fiesta?

—En un pueblo que no conozco. Vendrán a recogernos enseguida.

Nos preparamos en unos pocos minutos y nos pusimos a esperar en el portal. Nos quedamos mirando la calzada hasta que Diego rompió el silencio al girarse, darnos un pico en la boca a cada una y añadir:

—Bueno, disculpad, casi no he podido estar con vosotras desde que acabamos la carrera. Sabéis que he estado hasta arriba de trabajo, pero me alegro de pasar el fin de año con vosotras. Y, bueno, cuando Carlota salga de la habitación también con ella, si quiere.

El coche llegó poco antes de la hora, el conductor era Dani, cómo no. Como no había terminado del todo bien con Carlota, ni preguntó por ella. De hecho, se pasó todo el trayecto hablando con Mireia de lo increíble que era su peinado y de que ese rapado suponía cuestionar la norma estética femenina. Cabe decir que sobrio y escuchándole hablar así, casi tenía envidia de Carlota por haber acabado con él la noche de la fiesta.

Llegamos a la *rave*, una fábrica abandonada gigante decorada con muchos bafles y muchos focos de colores. Ya era casi la una y había gente que llevaba allí desde primera hora de la tarde, así que la fiesta ya estaba bastante animada. No tardamos en ponernos a tono gracias al ponche que se servía en la entrada. No pude evitar echar de menos a Carlota y me dije que se habría emocionado con la referencia Gaspar Noé. Al rato, me sentí algo «embajonada», me dije que era una mierda por haber dejado sola en fin de año a una amiga y por haberle prestado tan poca atención aun sabiendo que pasaba las horas encerrada en su habitación.

Vi a Diego mirándome desde el otro extremo de la fábrica y se acercó a mí, me agarró del brazo y tiró de mí para salir de allí a tomar el aire. No parecía que supiera bien qué rumbo estaba tomando, pero, al ver una fogata y a unos chavales bailando a su alrededor, justo al pasar la entrada, decidió sumarse a ellos:

—No sé muy bien quiénes sois, pero aquí tenéis a mi amiga Catalina, ella es astróloga y en otra vida fue bruja.

El grupito de tres chavales bastante más jóvenes que nosotros se giró asombrado. Lo más seguro es que llevaran mirando el fuego horas, contemplando las llamas y la ceniza. Dos chicos y una chica. Ellos eran altos y delgados, uno pelirrojo con el pelo en forma de cresta y el otro rubio con el pelo largo recogido en una coleta. La chica era muy pequeñita, apenas llegaría al metro cincuenta y llevaba dos trenzas espectaculares que le llegaban casi a los muslos. Todos iban de negro, con ropa deportiva.

—¡Qué bien! —respondió el chico alto y pelirrojo casi imberbe—. Yo soy Eloy y soy virgo, mi amiga Isa es acuario y Fran es aries. Seguro que te encantamos. ¿Tú qué signo eres?

—Yo soy piscis, pero no creo mucho en eso.

—Es mentira, escribe en un diario muy importante el horóscopo, la nueva Esperanza Gracia —añadió Diego, sudando y mirándome con su particular sonrisa drogotonta en la cara.

—Bueno, nada del otro mundo, es un periódico local.

—¿No serás Paranomal Paquita? Nos flipa —chilló Isa, con un tono mucho más agudo del que esperaba.

La sonrisa se me congeló en la cara. Al verme tan expuesta, me puse nerviosa de repente. Si unos niñatos drogados eran capaces de atar cabos, me di cuenta de lo fácil que podía ser que me desenmascararan y caer con todo el equipo. Me recompuse como pude, tragué saliva y, fingiendo desdén, hice un gesto con la mano, como quitándole importancia:

—No, no, yo no comparto su odio. Aunque me asombra que la conozcáis.

—Es la *big boss* del *hate* astrológico, aunque es un poco *bully* —aseguró Fran.

—Todo el mundo que es un poco espiritual la conoce, a mí me acierta un mazo de cosas, es la mejor —comentó Isa.

—Pues aquí no sabíamos que Paqui era tan famosa. Mira, te dejo aquí, que te hablen de Paquita, a Catalina también le mola, que no os engañe —vociferó Diego yéndose ya a saludar a un conocido y dejándome sola con mis nuevos fans.

Más contenta que al principio de la fiesta, me senté con ellos y me dispuse a fumar el porro que tenía medio acabado Fran.

Fue subiéndome, pero yo ya llevaba una mezcla de muchas sustancias. Por lo que me contó Diego, estuve un buen rato charlando, riendo como no lo había hecho en meses y pasándomelo bien. Sé que anduve pululando por la fiesta y tengo lagunas. Recuerdo estar toda sudada y escuchar a gente charlando a mi alrededor y el chunda chunda de fondo. También el vaho que salía de mi boca y a pesar de ello no tener frío. Sé que se puso a chispear y recuerdo el olor a tierra mojada impregnado en mi ropa.

Sentí que podía con todo, que incluso estaba ganando cierta fama aunque la gente no supiera que era yo. El resultado de dejarme llevar por esa euforia fue bastante malo, pues, según Diego, me lie con un pavo. Ni siquiera me enrollé con Sergi ni con Dani, sino más bien con un viejo conocido, con mi ex de hacía dos años. Sí, con Marc. Una experiencia que me causaría un buen dolor de cabeza, pero eso ya os lo contaré más adelante.

POST
Sagitario ♐

Querida sagitario:

Qué bien se te da el ligar y qué rabia te tengo por eso mismo. No te lo tomes como algo personal. Entiendo que es fácil enamorar a alguien cuando apareces dos segundos, les das la mejor y más falsa versión de ti y te vas dejándolos con ganas de más. Si te conocieran un poco, ya te digo yo que no se quedarían. ¿Crees que no te veo las costuras? No engañas a nadie. Pero eso sí, te tengo envidia igual.

Un besito

7

ENERO

Capricornio: la tozudez y la importancia del trabajo

Eres el signo que más papeletas tiene para convertirse
en el lobo de Wall Street. Lo digo en el mejor y en el peor
de los sentidos. En positivo tienes de tu parte que lideras
bien, sabes separar tu vida del trabajo y eres esforzado.
¿Lo malo? Pues todo lo demás. Te importa tanto el
trabajo que dejas de lado tus amigos, salud, vida interna...
Sabes sacar las cosas adelante, pero deberías plantearte
si te vale la pena, ¿vale?

Hoy he ganado dinero 2 – Paco Moreno

Levantarme al día siguiente fue una tarea afanosa. Carlota seguía en casa sin dirigirme la palabra. Mireia me había enviado un audio de más de diez minutos y tenía veinte mensajes de mi ex sin leer. Ni me apetecía escuchar a Mireia ni enfrentarme a los mensajes de Marc, así que opté por lo más doloroso primero y me di de bruces con la realidad. No solo me había enrollado con la persona en Barcelona que menos me convenía sino que le había preguntado si quería volver. Es más. Según los mensajes, habíamos vuelto de forma oficial a tener una relación. Escuché el audio de Mireia: sus palabras me confirmaron que me había enrollado con mi exnovio, que nos habíamos prometido amor eterno y que se lo fui diciendo a todo el mundo que fui encontrando por allí. No encendí la luz del cuarto. Tomé aire y me dije que tener una relación con Marc era de lo más cómodo y un indicio de lo poco que me gustaba ligar. Quizá no fuera tan mala idea. Sería perfecto si no lo hubiera puesto verde delante de todo el mundo, especialmente de mis amigas. No le contesté. Aún tenía que pensármelo. Podría ser un as en la manga para sobrevivir al estrés de la oficina y a mi nueva personalidad de bruja delante de los fans como los que había conocido en la *rave* del día anterior.

Salí al salón en bragas y con una camiseta de algún grupo de trap que ni reconocía, debía de ser de Marc. Carlota se encontraba en el sofá viendo la televisión. Al verme, no dudó en girarse y señalarme con el dedo:

—Has sido tú, sé que has sido tú.

—¿Qué dices? Si casi no hablamos, no he hecho nada.

—Has sido tú la que ha vuelto a pillar la sarna. Eso te pasa por juntarte con esos hippies de la *rave*. ¿Tú sabes el coñazo que es volver a pasar la sarna? ¿Tú me vas a volver a comprar la ropa que se me va a joder en la lavadora a sesenta grados? ¿Eh? —soltó por su boca señalándome con el dedo sin dejar de seguirme cuando yo traté de escapar del salón.

—Bueno, espera —dije mientras me apoyaba en el mueble de la televisión—, vayamos poco a poco. Primero, es imposible tener síntomas de un día a otro. Segundo, no me puedo creer que lo primero que me digas en más de un mes sea eso. Y tercero, lo que has dicho es superclasista y lo deberías revisar.

—Cat, han pasado cinco días desde la *rave*. ¿En qué mundo vives?

—Ah —dije sin poder evitar una mueca de asombro.

—Lo segundo es que has sido una amiga de mierda y tú tampoco me has dicho nada en un montón de tiempo. Y tercero, me la suda ser clasista, lo has pillado de los amigos hippies de Mire porque yo no he podido pillarlo si casi ni salgo de la cama. Y, a propósito de no salir de la cama, ¿te ha importado un mínimo mi salud mental? Luego hablamos de quién se tiene que revisar y de quién está *woke* de verdad.

Me quedé sin palabras. Me volví a la habitación girando sobre mi propio eje, arrastrando los pies, cerré mi puerta de golpe y me puse a escribir. Ese día sagitario recibiría toda mi rabia. Ya no tenía filtros:

SAGITARIO: Conocida por tu enorme egoísmo, eres incapaz de sentir empatía y te enfadas cuando no eres el centro de atención. No gustas a la gente, pero ya lo sabes, ¿no? No te preocupes, sabemos que solo por eso exageras tu carisma, pero a la hora de la verdad no saldrías ni de la habitación en meses. Y no hablemos de dar tu brazo a torcer ni pedir perdón. Eso mejor para el año que viene.

Me sentí fatal en cuanto terminé de escribirlo, pero quizá fuera de los mejores horóscopos que había escrito en bastante tiempo. No dudé más que unos segundos y se lo envié a la editora. Como aún estábamos de vacaciones, tardaría unos días en contestar, así que me afané en seguir el rollo a Marc un poco más. En ese momento necesitaba a alguien que me escuchara y tener un novio me iba de perlas. Le conté todo. Desde la creación de Paranormal Paquita a la sublimación de las experiencias con Carlota y Xoana en forma de horóscopo. No podía dejar de decirme que quizá no estuviera tan mal entregarme al mal conocido, me repetía que Marc no había sido tan malo como novio, que solo éramos unos críos en la universidad y que podría salir bien esta vez. Marc no solo estaba de acuerdo con todo lo que yo decía, sino que parecía fascinado por cada audio que le enviaba. Me invadió esa agradable sensación de sentirme respaldada que no había sentido desde hacía mucho tiempo. De tener a alguien en tu equipo al que no le importara las cagadas que hubieras hecho, como un *hooligan* personal, contento con que marques de vez en cuando y que no bajes a segunda. Quizá necesitara eso, sentir que alguien me adoraba. Comencé a darle vueltas a este pensamiento... hasta que me quedé dormida.

Al día siguiente me desperté con un chillido de Carlota. Eran las nueve de la mañana. Abrí la puerta y me tiró el espray de permetrina a la cara. Por lo visto, los picores no la habían dejado dormir y estaba de peor humor que de costumbre. Me despertó porque necesitaba ayuda para bajar las colchas, las mantas y los cojines del sofá a una lavandería veinticuatro horas que tuviera un bombo lo bastante grande como para poder con todo.

Bajamos en silencio, Carlota no se dignó a mirarme a los ojos. Nos sentamos delante de la superlavadora de La Wash a más de un metro la una de la otra. Era una sala aséptica y verde iluminada con luces fosforescentes. Aún no había nadie. Las dos íbamos en pijama, Carlota con su chaqueta vaquera con tachuelas y yo con mi sudadera de la universidad. Las ojeras de Carlota ocupaban toda su cara y su acné rezumaba; lo más seguro es que se hubiera pasado la noche explotándose los granos, ese era su mecanismo para el estrés. Me acerqué fingiendo estar mirando el móvil y le puse la mano en el hombro:

—De verdad que lo siento mucho, tienes razón, no me estoy comportando como una buena amiga —dije medio susurrando.

—No te reconozco, Cat. Entiendo que estés estresada por todo, pero, joder, no te importa cómo estamos —dijo mirándome con sus ojos rojos e hinchados por la falta de sueño—. Mire, Diego y yo estamos en la mierda y te da igual.

—No es mi intención —dije antes de empezar a

llorar—, no quería que se me fuera todo tan de madre. Llevo un año de mierda, este trabajo me absorbe y mi vida amorosa es un desastre, creo que he vuelto con Marc.

—¿Crees que has vuelto? —preguntó cambiando por completo de tono y con una mueca que la desfiguraba.

—Por lo visto, le pregunté si quería volver en la *rave* y ahora me da mucha vergüenza decir lo contrario.

—Pero ¿quieres estar con él?

—No, pero me siento muy sola y necesito hablar con alguien. Quiero tener novio, pero sin el tonteo, o sea, quiero que me adoren, es muy difícil de explicar.

—Difícil será para ti. Cat, lo estás utilizando, me parece muy fuerte lo que estás haciendo. ¿No lo ves? —Tomó aire y dio un enorme suspiro antes de levantarse y comenzar a subir el tono—. Eres una tía muy diferente a la Cat que estaba en la universidad —añadió mientras cogía sus cosas y se levantaba de la silla—, eres una persona de mierda.

Como Carlota se fue antes de que acabara siquiera el prelavado, me quedé absorta contemplando las vueltas que daban los cojines en el bombo de la lavadora. Esa reacción me había dejado bastante descolocada, pero en el fondo la había visto venir. El resto de la tarde me dediqué a hacer cosas de casa. Carlota no salió de la habitación más que para ir al baño y, aun así, advertí que aprovechaba mis paseos por la cocina para coger cualquier cosa del salón y no cruzarse conmigo.

Al día siguiente, el primer día de la vuelta a la oficina, noté a mi jefa un poco inquieta, pero no le di importancia. Rosario era todo un personaje y algunos comportamientos erráticos suyos ya no me llamaban la atención. Me puse los cascos y comencé a escribir. Al poco rato recibí un mail suyo convocándome en su despacho. Me di un momento para intentar adivinar qué estaba ocurriendo y fui sin mayor dilación. En cuanto abrí la puerta, giró la pantalla del ordenador y me señaló algo muy concreto:

—Se han enterado. ¿Te has ido de la lengua?

—¿De qué se han enterado? ¿Qué ha pasado?

—Alguien ha desvelado tu identidad, o sea, la identidad de Paquita. Nos están llamando estafadores. Ya sabes, por poner a una chica sin formación a escribir horóscopos, a una becaria. ¿A quién se lo has dicho?

—Pues mis amigas lo saben, pero no leen la prensa y ellas jamás dirían nada. Bueno... podría ser mi compañera de piso.

—Pues, por lo visto, el tuit lo ha escrito un chico.

—¿Cómo? —dije acercándome a la pantalla del iMac.

Se trataba del Twitter de Marc y su mensaje era el siguiente:

(Abro hilo) La astróloga del odio Paranormal Paquita es una becaria que se dedica a echar mierda de sus amigas y sus ligues llamada Catalina Gutiérrez.

Los tuits que seguían eran capturas de pantalla de nuestras conversaciones y, a continuacion, fotos de Carlota, Diego, Mireia e incluso Xoana. El trabajo periodístico y la minuciosidad de este hilo eran increíbles. Se linkeaban los horóscopos con las imágenes de WhatsApp. Se podría decir que había una lectura complementaria de la conversación con Marc y la sucesión de hechos que habían ido aconteciendo desde que había empezado a escribir en el periódico. El hilo acababa con una arroba que te llevaba a mi cuenta personal.

—Catalina, a mí no me importa que pongas a parir a tus amigos, me da igual tu fuente de información, pero esto hace peligrar la integridad del periódico.

—¿La integridad de un periódico depende de si contratan a una astróloga de verdad para hacer su horóscopo?

—Mira, niñata, estamos sopesando tu despido, así que no me vaciles.

Estaba temblando y esperé a que mi jefa soltara toda la bilis y me dejara volver a mi mesa. No entendía nada. ¿Había sido todo una estrategia de Marc para poder jugármela en cuanto me despistara? ¿Había sido Carlota a través de Marc? ¿Había alguna persona de la *rave* con la cual había hablado más de la cuenta y se había puesto en contacto con Marc para joderme de alguna manera? ¿Cuántos enemigos tenía realmente?

Me fui corriendo al baño a mirar los mensajes del móvil. Eran de Carlota y de Marc. Se me cayó el mundo encima:

(Carlota) Se lo he dicho a Marc. No puedes jugar así con las personas. Él me ha dicho que me pones verde en el horóscopo. Me ha enviado el link, no hace falta que mientas. Me voy a mudar. No quiero verte más.

Me senté en el váter de la oficina. Me llegaron más mensajes. Los siguientes eran de Diego y Mireia:

(Diego) No me puedo creer lo de Marc y lo de los horóscopos ¿Desde cuándo lo estás haciendo? ¿Has dicho algo más de mí que tenga que saber?

(Mireia) No me puedo creer nada. Dime que no has sido tú. Yo creo en ti hasta que se demuestre lo contrario, pero dime que no has sido tú.

Me puse a sollozar sentada sobre la tapa del váter. No me podía creer lo que estaba pasando. Mi vida se había ido a la mierda en un segundo. Me abracé las piernas y comencé a balancearme e hiperventilar. A los pocos minutos, un poco más tranquila, desbloqueé la pantalla del móvil y me puse unos vídeos en YouTube para intentar pensar en otra cosa. A pocos segundos del primer vídeo, apareció una notificación de seguimiento de Twitter, luego otra y otra, sucediéndose tan rápido que no pude disfrutar del vídeo de gatos de turno. Abrí la app y cuál fue mi sorpresa al ver que tenía unas tres mil solicitudes de amistad. Joder, el tuit no llevaba publicado ni veinte minutos. Cambié la cuenta a pública y comencé a recibir mensajes de gente a la que le encantaban mis horóscopos.

Salí del baño intentando ocultar la llorera y, al volver por el pasillo, intenté esquivar el despacho de mi jefa. Abrí el ordenador y vi un nuevo mail. Un nuevo mensaje, ya no de mi jefa, sino del director del periódico:

Buenos días:

Gracias por los servicios brindados a este periódico. Desde la dirección editorial del diario nos gustaría premiar su trabajo y sus servicios con un ascenso. Dicho ascenso supone un aumento de jornada, de sueldo y la posibilidad de pasar a un contrato fijo.

Disculpe lo sucedido hace un momento con Rosario, su editora jefe. Recibirá un toque de atención por su comportamiento.

Saludos cordiales

Rosario se acercó por detrás dejando caer su mano en mi hombro. Me llamó por mi nombre de la manera más seca posible, casi desprovista de vida. Me giré.

—D... de verdad, no era mi intención que se descubriera mi identidad —dije temblando y fingiendo no haber leído el mail del director.

—No te preocupes —dijo con los ojos casi llorosos—. Por lo visto, a los de arriba les hace gracia saber que tenemos una chica de la generación Z hablando con gente de su misma edad. Siento que tengas que sufrir así mi *burnout*. —Calló un segundo para secarse las pocas lágrimas que había dejado salir—. Así que nada, a trabajar —dijo antes de marcharse dándome un sutil golpe en el hombro izquierdo.

No entendía nada. Estaba fascinada con la aparición de este mail, por mi salvación de última hora protagonizada por un *ex machina* digital. No tenía tiempo para sentir empatía por mi jefa, ese era mi momento de sentir el triunfo. Quizá debiera pasar de mi época «la chica que nadie conoce, que ya no tiene amigos y que se enrolla con su ex en *raves*» a

mi época «famosa con tres mil nuevos amigos».
Creía que debía decidirlo, aunque las decisiones ya
estaban tomadas, solo necesitaba un empujón.

Me volvió a vibrar el móvil. Era Marc:

Que sepas que te he pegado yo la sarna.

POST
Capricornio 🐐

Querida capricornio:

Qué fácil es para ti jugar al capitalismo, ascender y ganar si es necesario. Qué fácil es tener la mente fría y prescindir de quienes no te aportan nada. Eres un robot y por eso te va tan bien. No querría ser tú, pero te admiro. Tampoco querría ser tu amiga y ya ni hablemos de tener una relación romántico-afectiva contigo. Me das un poco de mal rollo, pero si a ti te vale la pena, bien por ti.

Un besito

8

Febrero

Acuario: no encajar, destacar, la rebeldía

El signo que más sabe marcar la diferencia. La abuela
que se tiñe el pelo de morado y lleva un abrigo de piel
de leopardo. Ser extravagante y rebelde. Ser joven como
un sentimiento permanente y saber pasárselo bien.
Puede llegar a ser un tanto frío y superficial. O quizá no.
La verdad es que nunca he conocido a un acuario
lo suficiente como para desmentirlo. Cierto es
que tampoco se dejan conocer demasiado.

¿Qué quieres de mí? – Robie y Paco Pil

Las siguientes semanas pasaron más rápido de lo que me gustaría reconocer. Una tal Aina contactó conmigo por Twitter a los pocos días de mi exposición en redes y me animó a que saliera a tomar algo con sus amigos, todos ellos artistas y ansiosos por conocerme, al menos eso me dijo.

Mi primer encuentro con Aina y su grupo de amigos fue en un bar del Raval. Ella era delgada y alta, el pelo rizado y pelirrojo, una sonrisa perfecta y una piel que solo alguien que pueda permitirse hacer deporte y beber agua de forma regular podría tener. El sitio era pequeño, lleno de fotos de antiguos toreros y folclóricas; destacaba una enorme cabeza de toro disecada en medio del local. Aina lo definió como «un sitio auténtico» y su «centro de operaciones».

—No me puedo creer que esté con la persona

que hay detrás de la cuenta de Paranormal Paquita, eres lo más —comentó antes de buscar al camarero con los ojos para pedirle unos vermuts—. ¿Es verdad lo de que las historias que relacionabas con los signos eran sobre tus amigos?

—Digamos que estaban inspiradas en ellos.

—Es muy fuerte... porque decías auténticas barbaridades. Por lo visto, tendré que callarme los secretos esta noche. Yo soy una aries de manual —dijo esbozando una sonrisa.

Yo le devolví la sonrisa, entreabriendo los labios un tanto incómoda. Ella vestía de chándal, con una chaqueta de piel de mercadillo y una camiseta abotonada con imperdibles. Hablaba de forma veloz, las palabras salían de su boca como una metralleta y, sumándole a ello la rapidez sutil con que miraba el móvil mientras hablaba de cualquier tema, parecía estar permanentemente puesta de *speed*. Ella misma me comentó que nunca había probado esa droga, que prefería dormir. Yo respondí que a veces estaba bien no tener esa opción.

Sus amigos no tardaron en aparecer: modelos, estilistas, músicos y demás, como una viñeta de Rocío Quillahuaman sobre gente creativa. Aina me presentó como quien enseña una rareza en una tienda de antigüedades. Enseguida me di cuenta de que era su nuevo juguete de clase baja, pero tenía tantas ganas de molar que estaba dispuesta a tragarme toda mi identidad de clase en el proceso. Además, ya me había quedado sin mis amigos de toda la vida, tampoco tenía mucho que perder.

Las tapas comenzaron a llegar y Aina y uno de sus amigos me invitaron al baño. En ese pequeño espacio mal iluminado me presentaron a Fran, músico, de una banda de *neo-psychedelia* que estaba empezando, aunque por lo que me enteré más adelante era el producto de varios proyectos fallidos costeados por sus padres. Alto y guapo, con el pelo largo, bigote y las uñas pintadas de negro. Vestía con una sudadera de Patagonia y unos Dickies dos tallas más grande. Me prepararon una raya de bienvenida sobre la tapa del váter. Esperaron a que acabara y procedieron ellos. Sus dos cabezas sin un ápice de encrespamiento barrieron el suelo del baño y no pude evitar imaginarme que se trataba de una nueva clase de mopa de pelo de pijo.

—Que sepas que Fran no va regalando rayas «especiadas» a cualquiera —susurró Aina a mi oído en cuanto volví a la mesa.

—Especiadas... —repetí marcando cada sílaba.

—Ya sabes, un poco de ketamina para darte una vueltecita.

Me senté lentamente, tratando de que el efecto se me notara lo menos posible, aunque, pensándolo bien, no tenía que engañar a nadie. No sé si era por el efecto de la combinación de esas dos sustancias, pero cada vez veía a Fran más atractivo. Procedí a hacerme la tonta y torpe como único método de seducción que tenía a mano, más allá del tono bordedifícil que tan bien me había ido con Sergi, pues de este último solo se puede salir muy bien o muy mal. Me acerqué a él y, abriendo mucho los ojos, asentí intentando evitar la disociación que ya me estaba provocando la ketamina. Nos quedamos mirándonos.

—Que si quieres que vayamos luego al Apolo —me dijo Aina tocándome el brazo.

—Claro, claro, me encantaría —dije mientras tiraba el vermut por toda la mesa, sin impostar ninguna torpeza.

Aina y sus amigos dieron un bote despavoridos, como si hubieran visto una cucaracha entre las croquetas. Hubo un silencio, pero seguimos bebiendo como si nada.

—Pues, continúo —prosiguió Aina, como si yo hubiera seguido el hilo de la conversación—, yo podría vivir con poco, en realidad, es pasar de comprar diez libros en La Central a comprar uno. Cada vez fantaseo más con tener una vida que no tenga nada que ver con el arte, me encantaría ser cajera.

—Yo lo he sido y no es tan guay —entoné, deseando que no me hubieran escuchado y poder continuar con la conversación.

Se hizo el silencio y el resto de la velada decidí

mantenerme bien callada y así seguimos hasta que nos echaron y fuimos tirando hacia el Apolo. Sin duda me había vestido para intentar destacar lo menos posible en ese grupo y aun así no podía evitar pensar que era la marca blanca de la pandilla. Como si ellos vistieran de Paloma Wool y yo de su versión robada por Inditex.

Aina decidió que aún era pronto para entrar, así que fuimos a uno de los pisos que sus padres alquilaban a través de Airbnb en Poble Sec. El piso era increíble, amplio y ultramoderno, una nave espacial tras una fachada modernista. Nos dispusimos alrededor de la barra americana de la cocina y los vasos de plástico comenzaron a rular. Poco a poco, la estancia se fue llenando de gente demasiado guay como para siquiera acercarse a mí, si no fuera por saber la gran mayoría que era yo la última leyenda de internet. Era «la astróloga con mala leche» o «la chica que había vendido a sus amigos por un puñado de likes»; podían elegir su descripción favorita.

La conversación continuaba, Aina se quejaba de que sus padres (ambos reputados catedráticos) esperaban demasiado de ella. Yo intenté intervenir diciendo que al menos debería estar agradecida por proceder de una familia tan estimulante a nivel intelectual, que a mí me avergonzaba muchísimo ser la primera persona de mi familia con estudios superiores. Se volvió a hacer el silencio.

—Tú no lo entiendes. Yo preferiría ser tú. Joder, lo que molaría ser la persona más lista de mi familia. Que mis padres tuvieran un bar o algo así —chilló Aina, levantando el volumen por encima de la música y del cuchicheo de la gente.

Fran me agarró del brazo, intentando paliar la guerra que ya se estaba iniciando entre Aina y yo, por lo que me callé y bebí el cubata que tenía más a mano.

—Ven. Pasa de esto, te voy a enseñar algo —me susurró Fran al oído.

Tomé aire y me deslicé hacia la habitación de matrimonio guiada por la mano de Fran. Me empujó dentro y me tapó los ojos. Acto seguido, me senté en la cama.

—Dame un segundo, ahora vuelvo —me dijo con la boca muy pegada a mi oreja.

Yo asentí otra vez con los ojos muy abiertos, tratando de no salir del personaje, al menos mientras durara este encuentro. Me comenzaron a temblar las piernas y miré el móvil. Un mensaje de Diego. No contesté. Ni era el momento ni me apetecía. A los pocos minutos, apareció Fran con una guitarra, me pidió una goma del pelo, se hizo un moño y comenzó a tocar:

—Es del nuevo disco. Eres una afortunada. Con la música, no se oía nada en el salón. Sabía que lo apreciarías.

Asentí, bebí e intenté hacer lo posible para aparentar que me importaba algo. Se puso a tocar sin dejar de mirarme fijamente a los ojos. Entre estrofa y verso aprovechaba para sonreír, bajar la mirada y recolocarse algún mechón suelto de la coleta. Repitió ese truco hasta cuatro veces. La canción duraba algo así como dos minutos y poco, pero podrían haber sido tres horas.

—Bueno, suena a Tame Impala —dije mientras bebía otro trago.

—No me puedo creer que digas eso. No tienes ni idea.

Se levantó y se fue de la habitación.

Me dejó sola unos segundos. Volví a mirar el móvil. Trajo a un par de chicas de la cocina y también ellas se sentaron en la cama. Volvió a tocar la guitarra, esta vez mirándome a los ojos de una forma casi psicopática.

—Cat dice que esto suena a Tame Impala. Vosotras veis que no, ¿verdad?

Fran volvió a tocar la misma melodía desde el principio. Repitiendo cada truquito, esta vez muy concentrado en fingir algo de vergüenza al recolocarse un mechón detrás de la oreja sin dejar de mirar a la chica de la derecha. Costaba ser testigo de aquella escena y más para quienes somos muy sensibles a la vergüenza ajena. Digamos que si la canción duraba dos minutos y quince segundos, no solo la volvió a tocar de forma reglamentaria sino que terminó alargando un poco el *riff* del final.

—Será porque Kevin Parker también es capricornio —añadió la chica sentada a su izquierda.

Ambas asintieron. Tenían un estilo muy parecido. De hecho, parecían gemelas. Corte *bob*, mechas rubias en pelo castaño, corsé blanco con pantalón de tiro bajo y anillos que eran de Adriana Manso de verdad (y no la copia de AliExpress que llevaba yo).

—Sí, será por eso —comenté en voz baja, levantándome e intentando acercarme a la puerta de manera sutil.

—Es ver a un chico con el pelo largo y se deja de escuchar su música —soltó Fran, dejando la guitarra a un lado y agarrando el muslo de la chica de la derecha.

Se hizo un silencio incómodo. Acto seguido, alguien llamó la puerta. Me asomé. Era el camello, el Pescaíto, lo llamaban. Un hombre elegante de poco más de treinta años. Rapado, con el cuerpo y la cara llenos de tatuajes y con un ojo ligeramente desviado. Entre los tatuajes destacaban una carpa en una mejilla y el signo de piscis en la otra. Vestía un traje negro que contrastaba con sus Fila Disruptor blancas, pero su llamativo aspecto quedaba eclipsado por su maleta de piel marrón oscura con dibujos tribales dorados que dejó con sumo cuidado sobre la encimera. Se arremangó la americana y sacó bastantes bolsitas, una balanza y otros aparatos, cuyo uso yo desconocía. Supuse que los compartimentos de la maleta optimizaban el espacio, ya que la cantidad de material que sacaba era surrealista, una especie de bolso de Mary Poppins de la droga. Colocó el contenido de las bolsas en el aparato y, como si fuera una carnicero esperando la aprobación del cliente para cortar más fino, fue apartando los productos elegidos, cerró la maleta y se fue.

No dudé en seguirle, como si del conejo blanco de Alicia se tratase, le perseguí por las escaleras, guiándome por sus pisadas, y le grité que me esperara antes de que llegara a alcanzar el pomo de la puerta del portal. De fondo, por la puerta entreabierta, se oía a Peggy Gou, la canción *Starry Night*.

—Tú, señor Pescaíto, no te vayas —espeté.

—¿Qué quieres, niña? —contestó girando el pomo poco a poco, con ademán de darme un segundo antes de irse.

—Necesito a alguien que no sea un pijo o me tiraré por la ventana. Sálvame de esta fiesta, por favor.

El hombre se giró y se colocó con las piernas estiradas y los puños pegados a los costados, como si fuera el portero de una discoteca, y, la verdad, por sus pintas, quizá su trabajo principal fuera ese. De fondo aún podía escuchar a Peggy cantando el «Ocean, night, stars, song, moment».

—No quieres venir conmigo —añadió.

—Emmm... ¿Eres piscis, verdad?

—Sí.

—Es que sé de astrología, ¿sabes? —dije mientras me acercaba a la puerta.

—No hace falta que lo jures, puedo ver lo que me tatúo.

—No, no. No lo entiendes. Necesito a alguien de mi misma clase social y eres la primera persona que veo así. Déjame irme contigo.

—No, no somos de la misma clase social.

—¿Cómo? Claro que sí. Aquí todos han estudiado en coles privados.

—Mira —dijo antes de girarse y tomar aire—. Yo no tengo ni la secundaria.

—Eso es lo de menos. Llévame contigo.

—No quiero romper tu fantasía. Tú tienes donde volver, tienes unos padres que te quieren y seguro que has estudiado. Tienes más en común con ellos que conmigo. Vuelve a la fiesta, anda, pásatelo bien —dijo antes de girarse y marcharse.

Me quedé en la oscuridad. Seguía la canción de Peggy Gou, pero mucho más lejos, alguien habría cerrado ya la puerta. Durante unos segundos sentí el impulso de seguirlo. Me asomé y ya había doblado la esquina. Volví a la fiesta.

POST
Acuario ♒

Querida acuario:

Qué guay es sentir que te rebelas contra algo cuando son solo cosas que te has inventado tú solita. Nadie está en tu contra. Eso sí, caes a mucha peña bastante mal por tu arrogancia a la hora de sentirte más guay que los demás. Lo mejor de eso es que esta gente también te cae mal, así que podéis estar en un círculo eterno del mal rollo. Dicen que tu signo es muy de encerrarse en su burbuja y yo opino que es lo mejor que puedes hacer. Mejor para todos.

Un besito

9

MARZO

Piscis: el final, los sentimientos, la nostalgia

El signo de los sentimientos, de esos sentimientos
que no afloran, pero se sienten de forma profunda.
Una especie de río que parece tranquilo en la superficie,
pero que tiene mucha vida en sus profundidades.
Empático, callado y solitario. No es un signo
con tantas capas de misterio como se le suele pintar.
La realidad es que solo necesitan un abrazo.

Bouquet (Fuego y Mierda) – Cuchillo de Fuego

Era el cumpleaños de Aina y os podréis imaginar que había montado una fiesta por todo lo alto. Como también os podréis figurar, yo seguía en la misma dinámica con Aina y su grupo: yo me mordía la lengua y ellos romantizaban mi pobreza. No había contestado a los mensajes de Diego; los pasé e mensajes archivados no leídos entrecerrando un ojo por si leía algo demasiado preocupante. Quizá fuera verdad eso de que los piscis huimos del conflicto. Quizá me estuviera comenzando a creer todo eso.

Estábamos en un bar del Raval; habían bajado ya la persiana, pero continuábamos en el local porque Aina conocía al encargado. Eran las cinco de la madrugada y la noche no acababa de remontar. Fran seguía molesto por mi comentario y me evitaba y Aina había dejado de exhibirme como al principio o, al menos, había dejado de sacarme en las historias de Instagram, un trato que te hacía invisible en su mundo.

Al fondo del bar había una tarotista que no me quitaba el ojo de encima. Se trataba de una mujer de unos cincuenta años y metro cincuenta. Se había caracterizado bien para el personaje, pero lucía una permanente bastante penosa. Yo seguía mirando de forma religiosa a Aina, que ahora estaba tonteando con el chico de la barra. Me quedé embobada por su manera de sonreír, por sus dientes blancos y perfectos, tan distintos de los míos, torcidos y amarillentos por años de café y tabaco. Me dieron ganas de ir a la barra, agarrarla de la mandíbula y pintarle las paletas con un subrayador amarillo, que supiera qué se siente con esos dientes. Me recreé en esa imagen y volví a fijarme en la tarotista, como si fuera un extraño reflejo de cuanto me esperaba en un futuro no tan lejano: dar las predicciones a las cuatro de la madrugada a los psicópatas, a gente con insomnio y pajilleros (o las tres cosas a la vez). Decidí acercarme a ella, pero antes rematé la bebida que tenía entre manos.

—Hola. ¿Me podrías leer el futuro? La verdad es que lo necesito, aunque no creo mucho en esto.

—Claro, nena, son veinte euros —dijo mientras dejaba las cartas preparadas encima del sofá antes de que acabara la frase.

Le di el dinero y fue disponiendo las cartas una a una. Me miró unos segundos y giró las cartas:

—No estás en buena compañía, ¿verdad? —preguntó antes de girarse a buscar un cigarro en su bolso.

—Pues no, la verdad —comenté sin dejar de mirar las manos venosas de la tarotista.

—Deberías llamar ya a tus seres queridos, Catalina.

Me quedé paralizada unos segundos. La reconocí. Era Pepi, la bruja de la Vall d'Hebron. Sonreí y ella me devolvió la sonrisa. Por un momento sentí el impulso de abrazarla, pero me contuve.

—Eres una bruja de verdad.

—Hago bien mi trabajo, pero te ha estado brillando el móvil a través del pantalón toda la noche. No hace falta ser adivina para ver que hay alguien que quiere contactar contigo.

—Tienes razón, pero ¿también eres tarotista?

—Soy lo que tenga que ser. ¿Salimos a fumar?

Asentí, me dirigí a la barra, aparté a Aina con la mano y le pedí al camarero que nos subiera la persiana.

—Podéis fumar dentro —rechistó Aina, gritando por encima de la música.

—Bueno, la tarotista y yo queremos tomar el aire —insistí apoyando medio cuerpo en la barra, acercándome a la oreja del chico.

El chaval asintió de mala gana, dio la vuelta a la barra tomándose su tiempo y nos subió la persiana haciendo tamaño estruendo que se estremeció la mitad de la sala. Estábamos en la calle Joaquim Costa, por lo que, aun a altas hora de la madrugada, el exterior reunía a un enorme compendio de gente de lo más particular. Pepi me ofreció un cigarro que empezó a buscar en su bolso mientras ella encendía el que antes se había rulado.

—No pierdas a tus amigos, nena. Y no es un consejo de bruja, sino de amiga. Me recuerdas a una vieja colega de la astrología que hice en Francia, así que este consejo es gratis. No dejes que te pase a ti, pero, bueno, aquella era otra época. Digamos que nuestra amistad era muy especial —calló un segundo y tomó aire—, no quiero hablar más del tema que me emociono —añadió mientras miraba al infinito y daba una calada al cigarro, consumido ya casi por completo—, el caso es que tienes que llamar a tus amigos y pasar de esa rácana con la que has venido, me ha dado yuyu al verla, ella sí que es una bruja, de las malas, nena. Que yo tengo un sexto sentido, hazme caso.

Asentí y desbloqueé el móvil, dispuesta a leer todos los mensajes de Diego:

[11:42 p. m., 12/3] No hablaría contigo si no fuera serio.
[11:43 p. m., 12/3] Algo pasa con Mire.
[11:43 p. m., 12/3] Llámala.

[14:11 p. m., 13/3] Tía que esto es serio (!!!)
[18:26 p. m., 13/3] ¿Dónde estás??

[11:03 p. m., 14/3] Pues te lo digo así. A Mire la han echado de casa porque se han enterado de lo suyo, me han dicho que está por algún bar por la zona del Paral·lel superborracha liándola...

Me temblaban las manos. Llamé inmediatamente a Diego, le dije dónde estaba. Acudiría con Carlota, habían hecho las paces, supongo que por el asunto de Mireia. No estaban de fiesta, pero estaban despiertos. Pepita me abrazó, me dijo que estaba haciendo lo correcto. Me sentí reconfortada por el olor a pachuli y señora mayor. Pepita era muy bajita, pero aun así me sentí protegida.

Eran ya casi las seis. El bar cerró. Seguíamos fuera, esperando y viendo a personas saliendo por debajo de la persiana, como conejos asomando por la boca de una madriguera, primero sacaban la cabeza, miraban a ambos lados por si había policía y después sacaban el resto del cuerpo. Así, uno a uno. Yo seguía abrazada a Pepita. Alguien me tocó el hombro. Era Diego. Carlota se encontraba detrás. Aun siendo sábado de madrugada, tenía bastante mejor cara que hacía unos meses. La saludé. Ella me respondió con un gruñido. Era justo. Aina y sus amigos se fueron a un *after* y nosotros nos pusimos en marcha, a ver si con suerte encontrábamos a Mireia.

Éramos un cuadro extraño. Diego y Carlota iban de chándal, con una chaqueta de plumas por encima, lo más seguro es que ni se hubieran cambiado para bajar. Yo iba embadurnada en purpurina, vestida de negro para no resaltar demasiado en el cumpleaños de Aina (la verdad es que estaba empezando a estar harta de vestir colores alegres para intentar encajar), pero con botas altas, falda y camisa de transparencias. Pepita seguía caracterizada de pitonisa y lideraba esta especie de Grupo Salvaje.

Empezaba a amanecer y aminoramos el paso. Ya habían cerrado el Apolo, pero aún quedaban algunos trasnochados en la boca del metro. Miramos rápidamente por algunos bares cercanos, pero nada. No sería tan fácil, pensé. De hecho, lo más seguro es que la policía ya estuviera buscando a Mireia con mayor afán que nosotros y más teniendo en cuenta quiénes eran sus padres. O quizá no. Quizá ni se habían preocupado por dónde acababa su hija. Suspiré. Diego vociferó que lo mejor era volver a casa y todos asentimos.

Pepita nos pidió un momento, necesitaba mirar sus cartas. Se sentó delante del Bagdad, entre las latas aplastadas y las colillas del suelo, echando a perder su atuendo, aunque el mismo fuese de dudosa calidad. Se encendió otro piti, hurgó en el bolso y tiró tres cartas sobre su regazo.

—Las cartas se muestran favorables, nenes, tened paciencia, confiad en vuestro instinto —dijo suspirando entre calada y calada.

—A ver. No *perdemo nah* si esperamos un poco —añadió Diego, tiritando, pronunciando cada sílaba y soltando una enorme bocanada de vaho.

Nos sentamos con ella en el suelo, esperando a que amaneciera del todo. El sonido del servicio de limpieza me dificultaba pensar, así que me levanté a dar una vuelta. Pepita, Diego y Carlota se quedaron sentados en la acera, demasiado cansados como para seguirme. Seguí vagando por los bares de las calles paralelas, con poca esperanza.

Llegué hasta la sala Meteoro y allí la vi, bajo las luces rojas del bar, tambaleándose y gritando a unos guiris. Un grupo de chavales, algo así como unos siete, rubios y altos, todos le sacaban al menos una cabeza. Desde lejos parecía la imagen de un patio de colegio donde los alumnos del curso superior se metían con los pequeños. Mireia ni advirtió mi presencia.

Me acerqué intentando evitar que me vieran, ella seguía gritándoles, ellos riéndose y nadie parecía hacer nada al respecto. Sin casi mirar el móvil, envié mi dirección a Diego, tomé aire y le toqué la espalda a Mireia. Seguía sin girarse y el volumen en el cual chillaba a los chicos iba en aumento. La zarandeé y ella, al fin, reaccionó. Tenía la cara desencajada.

—Joder, Mire —susurré.

Nos quedamos mirando unos segundos. Los turistas seguían riéndose.

—Joder, mira —decía el que parecía más mayor entre risas.

—Joder, joder —respondían los otros.

Noté un nudo en la garganta y la cara ardiendo. Me sentí acorralada y le pegué un empujón al que tenía más cerca.

—*Fuck off* —me contestó a un palmo de la cara.

—No, *fuck off* tú —respondí antes de volver a empujarle con una mano, mientras que, con la otra, refrescaba la conversación de WhatsApp con Diego de forma frenética.

Ya era de día y los pocos que salían de la sala ni se acercaron a mirar qué pasaba. La cosa empezaba a calentarse, los chicos dejaron de reírse y comenzaron a chillar también. Estaban rojos, de sol, del enfado y de la cerveza. En cuanto a Mireia, dudo que supiera ni dónde se encontraba, pero continuaba respondiendo a los chicos con un inglés bastante digno a pesar de su estado de embriaguez: sus años estudiando en el mejor colegio bilingüe habían dado su fruto.

No quedaba nadie, solo se oía a algún vecino quejándose del estruendo. Cuando la escena de chillidos y zarandeos comenzó a ser repetitiva, Diego, Carlota y Pepita entraron en escena. Los miraron de arriba a abajo y se volvieron a reír. Dijeron algo entre ellos y se fueron haciéndonos un par de peinetas y soltándonos algún *fuck off* extra.

—No ha sido para tanto, no hacía falta que vinierais, la verdad —dije evitando mirar a Diego y Carlota a los ojos.

Detrás de mí seguía Mireia, apoyada en la farola más cercana, haciendo esfuerzos para no caerse. Diego y Carlota corrieron a abrazarla. Yo no me moví de mi sitio.

—*Joer,* amiga, ¡mírate la cara! —exclamó Diego sin dejar de acariciarle el pelo a Mireia.

Me volví a sentar en la acera, junto a Pepita, y me apoyé en su regazo. Me asqueó pensar que debía explicar lo ocurrido, así que no abrí la boca. No me acerqué. No sabía si merecía algún tipo de redención por la escena anterior y, en caso afirmativo, aquel no era el momento de reafirmarme. Cogí mis cosas e hice ademán de irme, pero antes le di un último abrazo a Pepita.

—¡Oye! —exclamó Diego antes de que arrancara a caminar—. Ya hablaremos sin prisa, pero otro día.

—Vale.

POST
Piscis ♓

Querida piscis:

Qué rara es la vida a veces, ¿no te parece? ¿Las cosas que te hacían ilusión no son para tanto y ahora no puedes parar de añorar el pasado? Es así, amiga, yo estoy igual. No te voy a dar un barato mensaje de autoayuda. Si quieres estar triste y melancólica, respeto y apoyo, es tu decisión. Si te apetece llamarme, también guay. Venga.
Un besito

10

ABRIL

Aries: el conflicto, los comienzos

El signo de la guerra, porque lo rige el planeta Marte,
que es el dios bélico. No es que a aries le encante
el conflicto (aunque le flipa discutir acaloradamente
debatir), sino que su primera reacción ante la injusticia
es la ira. Aries es el nacimiento y la energía para iniciar
cosas y, en este caso, la ira constituye su motor.
Es el signo de las ganas de vivir y de disfrutar,
desde una perspectiva casi infantil. Ojalá fuéramos
un poco más como aries.

super ultra mega dark times – Ghouljaboy

Habían pasado un par de semanas desde el incidente en la sala Meteoro. No habíamos vuelto a iniciar una conversación, pero sabíamos que tarde o temprano tendríamos que resolver aquella situación. Éramos igual de cobardes, así que fueron pasando los días sin que nadie dijera nada.

La convivencia con Carlota había mejorado muchísimo, quizá por haber fijado una fecha para dejar de compartir piso. Yo buscaría otra compañera y ella volvería a casa de sus padres. Ya no me trataba con rabia, sino con la amabilidad con la que se trata a un desconocido y con eso a mí me bastaba.

También se podría decir que Carlota estaba bastante mejor, pues había comenzado a salir de su habitación e incluso daba algún paseo sola por el barrio. Me enteré por amigos en común que dudaba entre estudiar otra carrera o un máster. Fingí no saber nada y continuamos nuestra marcha.

El día de la confrontación se presentó sin haberlo buscado. Carlota aparecía de vez en cuando con algún amigo y yo me metía en la habitación para no molestar. Hasta ahí todo bien, sin más. Yo estaba con mis cascos y apenas me enteraba de nada, pero ese día alguien llamó a mi puerta y ese alguien era Diego, que asomó la cabeza sin dejar pasar ni un segundo.

—Cat, ven al salón.

—¿Qué es esto? ¿Una intervención? —dije entre risas, mirando por encima del móvil.

—No. Ven al salón ya.

Asentí y me levanté. Ahí estaban Mireia, Carlota y Diego, sentados en el sofá, con la tele apagada, sin latas, en silencio. Una imagen que no había presenciado ni en los cuatro años de carrera ni en este último.

—Parecéis una secta —añadí antes de coger una silla y colocarla en la parte del salón más alejada del sofá.

Diego se levantó y, como una profesora enfadada, me empujó de la silla, la agarró por el respaldo y la arrastró al centro del salón. Todo ello con una mirada de haz-el-favor-de-sentarte-y-dejarte-de-tonterías. No rechisté y me volví a sentar en la (ahora) silla de la vergüenza.

—Parecéis una reunión de Alcohólicos Anónimos.

—¿Puedes tomarte algo en serio? Joder, que estamos haciendo esto porque nadie ha hecho nada por hablar y Mireia se va la semana que viene —farfulló Diego acomodándose en el sofá.

—¿Cómo? ¿Que te vas?

—¿Y acaso te importa? —soltó Carlota levantándose de su asiento.

—Carlota, no montes un drama ahora, que ni siquiera estoy hablando contigo —dije levantándome yo también.

—¡Ya basta! —exclamó Diego—. Me tenéis hasta la polla. Hemos quedado aquí para solucionar las cosas de una vez. Os sentáis y habláis ya.

Hicimos caso a Diego, nos sentamos las dos y giramos la cabeza hacia Mireia, mostrando así que tenía toda nuestra atención.

—Vale —dijo Mireia antes de soltar un suspiro—, os voy a comentar cómo ha sido todo desde mi perspectiva y no quiero que ni me juzguéis, ni comentéis nada. ¿Entendido? ¿Vale? —dijo señalándome con el dedo índice.

—Vale, vale —añadí.

—Es que tampoco hay mucho que contar, estaba harta de mi madre y de que intentara que fuera como ella y, cuando descubrió lo de Marta, aproveché y me largué.

—¿Quién es Marta? —pregunté mirando de reojo al resto del grupo, consciente en ese momento de que la única que no conocía aquella historia era yo.

—Una chica que conocí. Me voy a vivir con ella a Granada. Mañana. Por eso estamos haciendo esto.

—Pero ¿quién es? ¿Dónde la conociste?

—No te lo voy a contar porque me vas a juzgar.

—No lo voy a hacer, Mire, lo prometo.

—La conocí por Instagram.

—Bueno, mejor que por Tinder.

Mireia se quedó en silencio unos segundos, me miró con desaprobación y siguió:

—Pues cuando mi madre se enteró, se lio la de Dios. Yo entré en una etapa un poco autodestructiva, la verdad. Y, claro, pues acabé como acabé. Lo que tenéis que saber —dijo girándose hacia Diego y Carlota— es que Cat me ayudó muchísimo en la sala Meteoro, sin ella no sé cómo habría acabado.

—¿Habéis visto? Eso no lo esperabais, ¿eh? La egoísta objeto de todo vuestro odio os ha dado una lección de moral.

—De verdad, Catalina, ¿acaso no puedes aguantar ni dos segundos sin estropear algo bonito? —preguntó Carlota.

El piso se volvió a quedar en silencio.

—¿Diego? ¿Carlota? ¿No queréis echarme algo más en cara? Aprovechad que me tenéis aquí.

—Cat —suspiró Carlota—, agradezco mucho lo de Mireia, pero no por eso has dejado de ser una pésima amiga. Casi no salí de mi habitación durante meses y lo único que te importaba era estar con esa gente de mierda...

—Tienes razón —añadí antes de que pudiera acabar la frase—, supongo que no es el momento de retomar nada.

—Al menos durante un tiempo. Diego, ¿tú qué opinas?

—Esta es vuestra mierda, yo paso. Carlota tiene razón en que te has comportado como una diva, estás insoportable.

—Que ya no son mis amigos, he dejado de salir con ellos, creo que ya he dejado de molar, así que no os tenéis que preocupar.

—Entonces, ¿ya no estás con ellos porque te caían mal o porque ya no les molas?

—Ambas.

—Joder, Catalina, de verdad que eres...

—Estoy siendo sincera con vosotros, hostia, está bien sentirse apreciada y que estás con gente que hace cosas de verdad.

—No como nosotros, que somos unos *pringaos* —dijo Diego.

—No, no me refería a eso. No lo estáis entendiendo. Me refiero a que con vosotros no me sentía admirada.

—Cat, te estoy contando que me he ido de casa de mi madre por bollera —dijo Mireia subiendo el tono de forma progresiva—, que he estado yendo de bares para autodestruirme y que Carlota no ha salido de casa en meses y me vienes con esas.

—Me tenéis hasta la polla —espetó Diego saltando de la silla—. ¿Os podéis dar ya un abrazo y dejaros de tanta mierda? Venga, otra vez tengo que hacer de profe, daos un abrazo y un lo siento, tampoco es tan difícil.

—Lo siento, Mireia —dije ya levantándome—, he pasado de ti cuando estabas mal, y también lo siento, Carlota, no he tenido tiempo para ti y mi trabajo era una mierda y...

—Venga, cállate ya, anda —dijo Carlota levantándose a su vez del sofá para darme un abrazo.

A la escena se unieron Mireia y Diego. La verdad es que aquello fue raro. Quizá no me mereciera ese perdón, pero bueno... Nos sentamos a la mesa como si nada. Mireia sacó unas cervezas para celebrar su marcha. No le apetecía contar la historia entera y ya habíamos tenido suficiente drama esa tarde. No os mentiré; a la hora, ya se habían ido todos de casa. También Carlota.

POST
Aries 🐏

Querida aries:

Me gusta lo honesta y directa que eres, aunque esta sea la gran razón por la que sueles caer mal. Joder, ojalá tuviera a más gente tan sincera y con tan poca empatía a la hora de decir las cosas en mi vida. También te digo que te vendría bien tomarte una tila. A mí, por lo pronto, me caes bien, siento que me podrías defender en una pelea y eso me parece lo más guay del mundo, así que te llamaré si las cosas me van mal (si no es así, lo más seguro es que pierda tu número de teléfono).

Un besito

11

MAYO

Tauro: la estabilidad, la tranquilidad, la racionalidad

El signo más tranquilo y estable del zodiaco o, al menos,
el signo que más lo necesita. El de la realidad empírica,
el que sueña... con cosas realistas. El que disfruta
de las cosas pequeñas y deja los delirios de grandeza
para signos como leo o capricornio.
El que entiende la vida, vaya.

Ya mi mamá me decía – Krissia

Intentamos concretar una fecha para volver a la UAB. Había pasado casi un año desde que terminamos la carrera y era el momento idóneo para organizar un reencuentro. Algo más complicado de lo que esperaba aun encontrándonos en paro tres de cuatro. Necesitábamos un lugar cargado de significado, un bar en el centro de la ciudad nos parecía demasiado superficial. No es que intentáramos crear algo simbólico por beber cerca de nuestra facultad; al menos, nadie se atrevió a señalar aquel acto como una despedida como tal, sonaba demasiado ñoño.

Mireia había viajado desde Granada para ver a sus abuelos y había hecho un hueco para quedar con nosotros. La verdad es que sentíamos que, aunque llevara menos de un mes fuera, ya era una persona diferente. Su novia nos parecía fantástica y, aunque haber dejado todo y haber empezado una nueva vida en otra ciudad pareciera un acto demasiado precipitado, sabíamos que había sido lo mejor para ella. Nadie se atrevió a cuestionar su decisión, mucho menos después de ver todo lo que había mejorado.

Carlota había vuelto a casa de sus padres de forma oficial. Al final se matriculó para cursar un máster de guion que empezaría en septiembre y, aunque estuviera molesta por haber defraudado tanto las expectativas de sus padres como las suyas, no podía negar que escapar de las mismas había sido algo positivo para su salud mental. Liberada del veneno de los últimos meses, había recuperado esa ironía suya de chinchar con cariño. A mí también me entristeció dejar de vivir con Carlota. Sí, como compañera de piso era un desastre, pero siempre echaría de menos la sensación de vivir con alguien a quien quieres mucho.

Diego había empezado a trabajar de camarero y, aunque no le acababa de disgustar del todo el trabajo, se sentía igual o más perdido que yo en todo lo relacionado con el futuro. Pero no todo le iba mal. Diego acababa de empezar una relación que mantenía en secreto. Bueno, tenía dos relaciones. El primer chico era un poeta, de esos que estudian Filosofía, pero de los que hablan de cuidados emocionales y los aplican de verdad. Escuché que también tenía novia, que ella también conocía a Diego y que se habían caído bien. El segundo era un *rockabilly* muy alto. Le conocí en una fiesta y me contó que sería el primer *drag* con un look de los años cincuenta en aparecer en televisión en España. La verdad es que ambos parecían majos y Diego estaba muy ilusionado. Nunca reconocería que había caído atrapado en unas relaciones amorosas estables.

Yo, por mi parte, había dejado el periódico. Bueno, la verdad es que se acabó mi contrato y no me renovaron. En palabras de mi ex jefa: «La gente se ha aburrido de odiar, la nueva moda es ser feliz, estar alegre por la felicidad ajena y enviar mensajes felicitando el lunes». Lo cierto era que yo también me había aburrido de odiar tanto, así como de tratar de «ser guay» todo el rato como había hecho en presencia de Aina. No estaba buscando trabajo. Quizá también me matriculara en un máster como Carlota, me pusiera a trabajar de camarera como Diego o huyera de esta ciudad como Mireia. O quizá solo debía tomar algo de distancia de todo aquello y volver con más ganas. La verdad es que no tenía ni idea.

Estaba atardeciendo, íbamos en el ferrocarril con destino a la universidad. Carlota leía un libro de bolsillo del que apenas llegué a vislumbrar la portada; yo miraba el móvil. Las dos llevábamos un vestido de flores, el de Carlota rojo, más bien ceñido, y el mío marrón con escote palabra de honor, suelto, de una talla más de la que necesitaba. Sin moverse de su posición ni quitarse los cascos, me dio la mano y así permanecimos hasta llegar a nuestra parada.

Salimos sin prisa. No intercambiamos ni una palabra, pero el silencio no era incómodo. Sin ni siquiera consultarlo, nos acercamos al bar de la Vila y pedimos algo para hacer tiempo hasta que llegaran Diego y Mireia.

—En realidad, esto es terrorismo emocional, ¿no? —dijo Carlota.

—También lo podríamos llamar homenaje —contesté sin pestañear—. Además, tú eres sagitario, ¿qué es eso de sentir nostalgia?

—Será mi luna, supongo —añadió entre risas Carlota.

—*Nah*, tu luna la tienes en acuario... Esto no tiene justificación.

—Me caías mucho mejor cuando no sabías de astrología.

Las dos reímos, pero sin demasiadas ganas.

Una cosa que me diferenciaba de mi yo de hacía un año era mi relación con la astrología. Ni siquiera creía, aunque las visiones de la bruja de la Vall d'Hebron cuestionaban mi escepticismo. La verdad era que me gustaba saber un poquito, al menos para bromear con Diego y Carlota. De alguna manera, le había cogido cariño. Gracias a la astrología había conseguido mi primer trabajo e incluso había tenido mis cinco minutos de fama.

Me quedé en silencio hasta que conseguí vislumbrar la figura de Mireia al fondo. Las fotos no hacían justicia al brillo que irradiaba desde que decidió irse.

—¡Pero si estáis iguales, no habéis cambiado nada! —gritó acercándose a la mesa.

—Hombre, normal, si hace solo un mes desde que nos vimos —dijo Carlota mientras movía la silla que tenía al lado, ofreciendo el sitio a Mireia.

—Yo es que me siento diferente —murmuró mientras dejaba sus cosas—. Además, me he permitido engordar, creedme que entrar en los estándares de mis padres era una cárcel en todos los sentidos.

Mireia llevaba el pelo muy corto, casi casi rapado, con una ligera tonalidad rosa que se fundía con su rubio natural. Llevaba una camiseta muy holgada de las fiestas de algún pueblo cercano a Granada, unas mallas y una mochila de montañera cargada, casi daba la sensación de que ni había pasado por la casa de sus abuelos a dejar sus cosas y que había acudido a nuestra cita directa del tren.

—¿Y el trabajo en Granada? ¿Has encontrado algo? —dijo entre trago y trago Carlota.

—Pues por ahora estamos viviendo de los ahorros de las dos. No tengo prisa en encontrar nada. Además, ahora tenemos un huerto precioso. Lo ideal sería comer solo lo que cultivemos. También tenemos un par de cabras y gallinas, ya veréis cuando probéis sus huevos, nada que ver con los de supermercado.

—Madre mía, Mire, eres un cliché de lesbiana que se va a Granada. Como Yellow Mellow y Peraltuki en 2012 —suspiró Carlota entre risas.

—Un cliché que tiene una casa increíble y superbarata. Es salir de Barcelona y sentir que no tienes que dejarte tres cuartos de sueldo en pagar el piso. Deberíais probarlo y salir de «Carcelona» de vez en cuando. Es el truco para no volverse loca. ¿Por qué pensáis que los ricos siempre viven guapos y sin estrés? Pues porque tienen una casa fuera y se van y vuelven cada mes. Es un privilegio salir de aquí.

—Bueno, cuando eres una rata de ciudad se te olvidan esas cosas, es no ver contaminación y ponerme nerviosa. Un poco como si empezara a comer sano de repente; mi sistema colapsaría —aseguró Carlota.

—Deberías plantearte dejar de vivir a base de palomitas y cerveza. Así no morirías a los treinta.

A lo lejos apareció Diego, esta vez sereno, afeitado y liberado del look de chándal gris y camiseta negra que le caracterizaba cuando se dedicaba a vender. Supimos de su presencia por el chillido que pegó nada más vernos. Una mezcla entre grito de guerra y alarido de felicidad.

—¡No me puedo creer que estemos todas aquí! —vociferó Diego corriendo a abrazarnos antes de tomar asiento.

—Oye, me han dicho que tienes novios. Pero bueno ¿dónde está el Diego que yo conocí? —espetó Mireia.

—Pues yo sigo igual de guarra que *ziempre*. Que tenga novios no significa *nah*, no sé si sabes que vivimos en el siglo xxi, nena.

—¿Y en el bar? —continuó Mireia.

—Pues me hago un lío, la verdad. Ayer le puse a uno ginebra en la Coca-Cola y al otro tónica al ron. Si es que no me echan porque soy muy guapo, que si no...

—¡Anda, no digas eso! —exclamé yo.

—Bueno, también porque soy una persona majísima, *pa'* que ocultarlo, y te mentiría si te dijera que no estoy cien por cien seguro de haberme *tirao'* a mi jefe por *grinder* hace bastante, pero, vamos, como cualquier gay de Barcelona. Todos hemos estado todos con todos.

Mireia se giró y me propinó un buen abrazo, de esos de los que solo da ella. Se sentó en mi regazo y pegó un trago a mi cerveza.

—¿Y tú qué? ¿Qué vas a hacer ahora? —preguntó Mireia.

—Pues la verdad es que no lo sé. Ahora estoy contenta de estar con vosotros aquí. Estoy igual de perdida que hace un año. No tengo pareja, ni voy a empezar un máster, no sé, moriremos siendo pobres, supongo.

—Ya te dije que lo de los estudios superiores era una trola para que nuestros padres creyeran en eso de la meritocracia. Yo he sabido dejarme llevar y ya no tengo el dinero de mis padres ni lo necesito. Soy pobre como una rata, pero me siento bien por primera vez en años —confirmó Mireia.

—Oye, que eso lo dije yo —replicó Carlota.

—Y yo lo confirmo —declaró Mireia.

—Y nosotros que nos alegramos, Mire —añadió Diego—, pero ya está bien de restregar tu plenitud vital, tía, deja que estemos tristes un poco. Que da mucha rabia.

—Vale, ya paro, estamos todos mal, hemos sobrevivido. Quiero decir, laboralmente. Además, tú te hiciste famosa unos meses. No todo el mundo puede decir que se movió con la gente más guay de la ciudad con un perfil falso de señora adivina de cincuenta años, Paranormal Paquita molaba más que tú —comentó Mireia.

—Fue un poco como el capítulo de *Lizzie McGuire* donde se pone a beber café para estar con la gente *cool* del instituto —añadió Carlota.

—Pero en lugar de café era ketamina. No olvidemos que esto es Barcelona —respondió Mireia.

—Ya, eso es verdad —comenté antes de beber otro trago—, aunque para mí toda esa experiencia fue más como esa película que vimos en el piso donde salía Winona Ryder, pero al final ella termina con el novio plasta y una de esas casas americanas que son la hostia.

—Y no ha vuelto a casa de sus padres —prosiguió Carlota— ni se ha ido fuera de la ciudad ni... ¿Diego, tú dónde vives ahora?

—¿Yo? Pues donde me dejo caer. En casas de amigos, ya he dejado de ir a *chills,* que me estaban dejando en la mierda.

—¿Cómo un *chill out*?

—No, pero si tú quieres pensar que sí, pues sí.

La mesa estalló en carcajadas. Seguimos hablando hasta que se nos hizo de noche, pero en lugar de adentrarnos en el bosque a drogarnos, cada uno se fue a su casa. Diego había quedado con uno de sus novios, Mireia quería pasar un tiempo con sus abuelos, Carlota tenía un concierto y yo, bueno, yo no tenía demasiadas ganas de nada, quería hacer cosas por la mañana y no me quería liar.

En general, no habíamos cambiado tampoco tanto en un año. Quizá estuviéramos aún más perdidos y con menos esperanzas que nunca, pero esta última frase pretende no tener ninguna carga negativa. No tener esperanzas está a veces bien. Te mantiene alerta y te da un poco de mala hostia. Estábamos desilusionados, pero eso mismo hacía que no nos aferráramos a algo que, viéndolo con un poco de perspectiva, resultaba ser inestable. Eso mismo nos daba un poco de libertad y nos ayudaba a no rogar por pasar unos

meses como becario sin remunerar en la multinacio-
nal de turno. Al comenzar mi periodo de prácticas,
me había sentido demasiado buena como para hacer
un trabajo tan por debajo de mis capacidades. Ahora
me bastaría con mantenerme y tener una vida lo más
digna posible sin tener que pisar a nadie y sin lamer
muchos culos. Hace un año me creía demasiado lista
como para hacer horóscopos. Ahora no odio la astrología, tampoco creo en ella, pero nos llevamos
bien, pues hace que mi día a día sea más llevadero y
me permite echarme unas risas con mis amigas. Y,
bueno, sigo teniendo miedo. Tampoco cambié tanto
en casi un año y la cosa tiene pinta de no mejorar en
breve, pero aguantaremos esto y más.

POST
Tauro

Querida tauro:

No te odio y, aunque me lo tenga que repetir como un mantra, lo digo en serio. Me parece increíble tu resistencia, casi pareces un robot, no entiendo tu paciencia. Si yo fuera como tú, no estaría aquí escribiendo este horóscopo. Tu futuro estará bien y, si no, tampoco importa, porque tú nunca te quejas. Bueno, quizá por eso no quiera tanto ser como tú.
Un besito

Epílogo

JUNIO

Géminis: la juventud, la rebeldía, el amor

El signo de la doble cara, de las dos personalidades
muy marcadas, lo cual no tiene por qué ser malo siempre
que puedas tener bajo control a tu Dr. Jekyll y
a tu Mr. Hyde. En realidad, un signo sensible
que siente los picos de ira, tristeza y felicidad
de forma intensa. Si los encuentras en un mal momento,
son fríos, estrategas y pueden llegar a ser crueles,
pero si están bien son de las personas más divertidas,
inteligentes y agradables.

Le temps de l'amour – Françoise Hardy

Durante las vacaciones de verano, no pude evitar pensar en lo que me había dicho Pepita, la bruja de la Vall d'Hebron.

La abuela se hacía la loca cuando sacaba el tema. Sí que había ido a Francia por esa época, pero ella había ido a trabajar, no a hacer amigas. No tardé en aprovechar una de sus recaídas y, por tanto, estancias (breves, gracias al cielo) en el hospital para rebuscar entre sus cosas.

Si estáis leyendo esto es porque encontré un diario en su mesita de noche. No estaba demasiado bien escondido.

Pero no os digo más, leedlo vosotros mismos:

Me ha llegado una carta de Vicente. Quiere que vuelva a España, le acaban de ascender en el taller y podemos sobrevivir con un sueldo. No quiero decirle que no me apetece, que aquí estoy bien, aunque en el fondo tampoco esté tan bien. No quiero despedirme de Pepi.

Ayer fuimos a ver una de esas películas donde hablan muchísimo que tanto le gustan a ella. *La Chinoise* se llamaba. No me enteré de mucho y eso que cada vez entiendo más el francés. Pepita salió enfadada del cine a la media hora de película. Decía que no conectaba con las películas de estudiantes y que le ponía muy triste que no hubiera más historias sobre nosotras. Comenté que nadie se interesaría por dos inmigrantes españolas que se dedicaban a limpiar casas. Pepi me recordó la labor que hacíamos en realidad, que iba mucho más allá de ser limpiadoras. Fuimos a casa, a la suya, y nos quedamos dormidas en su cama, sin hablar mucho más del tema.

Mañana hemos quedado para tomar un café. Se lo contaré todo y me marcharé en cuanto pueda a España.

Como hoy era mi día libre, me fui pronto de la casa, pero aun así la señorita se lo tomó un poco mal, aunque ya me da igual, hoy tenía que hablar con Pepi. Llevé la daga conmigo. Al menos, si tenía que cerrarse el círculo, se tenía que cerrar bien. Antes de irme de casa de la señora, repasé el pentagrama. Como Pepi me había dicho.

Llegué tarde. Se trataba de una cafetería bastante antigua, de principios de siglo. Pepita se encontraba al fondo del café. Era martes y aun así había gente. Ahí estaba ella, entre el humo de los parisinos. Llevaba un conjunto morado, chaqueta y falda a juego, la moda inglesa que tanto le gustaba. Siempre me ha dado vergüenza que nos vean juntas, sobre todo cuando yo no me he cambiado la ropa del trabajo y ella está tan arreglada. Sentía que la gente que se giraba a vernos pensaba que yo era su sirvienta y, a veces, era un poco así.

Hablamos de tonterías, de qué haríamos ese fin de semana y de la película de ayer. Saqué el tema de que tenía ganas de ver a Vicente, pero me cortó. Ella siempre le ha despreciado. Me dijo que dejara de escribir aquellos horóscopos para los burgueses, que estaba utilizando el conocimiento del aquelarre en vano. Yo respondí que era una forma de ganar unas perras para mandar a casa. Ni me escuchó.

Estaba harta de la conversación, así que, querido diario, saqué la daga del bolso y entonces Pepita lo entendió todo. Miró a ambos lados para comprobar que nadie estaba mirando y metió los brazos debajo del mantel. Nos agarramos las muñecas unos segundos, cerramos los ojos y Pepita comenzó a recitar uno de los hechizos que le enseñó la Suprema, solo a ella, su favorita, su próxima heredera. Empuñé la daga, hice dos cortes limpios en mis dos palmas, después en las suyas, y, debajo del mantel, nos volvimos a agarrar con fuerza. Dejamos pasar un minuto. Al despegarnos y dejar el mantel manchado de la sangre mezclada, Pepita posó su cabeza en mi hombro. Noté su mano deslizándose por mi muslo, pero no la detuve.

No quiero escandalizar a ninguna persona que encuentre este diario, así que no seguiré escribiendo sobre qué pasó a continuación. Sobre todo si cae en manos de mi querido Vicente. Lo siento mucho. Nadie nos vio. Tampoco era la primera vez que Pepita me hacía pasar por una escena parecida. Era una demostración de su poder, de que sigo subordinada a ella y al aquelarre.

En cuanto acabó, me levanté y me fui.

Ayer le di la noticia a la señorita. Me dijo que se apena, pero que no se sorprende; dio a entender que por mis escapadas nocturnas me tenía por una muchacha de vida alegre. Yo lo negué todo. Cogí mis cosas y me fui.

Estoy escribiendo estas líneas en el tren. Nadie me despidió en la estación. La verdad es que esperaba alguna noticia de Pepita antes de marcharme, supongo que se debe a su carácter arrogante, ella tan leo y yo tan tauro. Era gracioso, nuestra relación no tenía futuro por mil razones, pero la primera que me vino a la cabeza era porque me lo habían dicho los astros.

POST
Géminis ♊

Querida géminis:

Llegados a este punto de la vida, ya no te deseo ningún mal, también porque has sufrido lo tuyo y creo que ya estás un poco en paz con el universo. No voy a rematar lo que está medio muerto. Pero, bueno, tú eres optimista, así que también lo puedes ver como que estás medio viva. Por lo demás, espero que disfrutes de tu desparpajo y tu descaro, te va a ir genial en la vida, no necesitas mi consejo.

Un besito

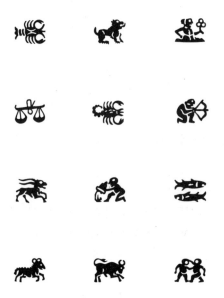

Agradecimientos

A Clara, Ariane y Cova por acompañarme durante la escritura de esta novela, sin vosotras me habría tirado por un puente. A mis amigos por la inspiración y aguantarme. Y al equipo de Ediciones B por darme esta oportunidad.